Rawene

Ben Regaya

Les Salauds

Récits Traduits de l'Arabe par Mohamed Lejmi

Préface Jamel Jlassi

A Taym

© 2020, Ben Regaya, Rawene
Edition : Books on Demand,
12/14 rond-Point des Champs-Elysées, 75008 Paris
Impression : BoD - Books on Demand, Norderstedt, Allemagne
ISBN : 9782322239887
Dépôt légal : août 2020

« La vie n'a pas de sens, a priori. Avant que vous ne viviez, la vie n'est rien, mais c'est à vous de lui donner un sens, et la valeur n'est pas autre chose que ce sens que vous choisissez »

Jean-Paul Sartre

Préface

"La flèche dans le gosier de l'oiseau était une branche sur laquelle il gazouillait".

Les critiques littéraires et les écrivains élaborent un ensemble de recettes et techniques qui ressemblent aux recettes de cuisine pour aider les jeunes écrivains à écrire des nouvelles ou pour imposer leurs propres visions et théories de cet ancien genre littéraire qui ne cesse de se renouveler. Ils présentent alors ses éléments et ses composantes de base, à savoir les personnages, l'intrigue, l'évènement, les cadres temporel et spatial, le nœud et le dénouement ainsi que tous les autres ingrédients.

Mais il importe d'interroger les chercheurs sur la forme du roman. Quelle différence y'a-t-il entre le romancier qui défend la vie et celui qui justifie l'homicide ? Entre celui qui décrit la genèse de l'épi et celui qui vante les mérites des faucilles ?

Ce que les écrivains des récits savent parfaitement, est ce qui était jadis nécessaire à la création de ce genre littéraire ne l'est plus aujourd'hui et que l'ordre des éléments et composantes de ce genre littéraire qui était jadis quasi sacré a connu aujourd'hui une certaine perturbation et que l'ordre de « l'entrée du texte », de sa fin, de l'évènement, de l'intervention des personnages, de la conception des scènes et de l'intrigue sont devenus le jeu préféré des romanciers et des nouvellistes actuels.

Je n'ai su trouver une entrée pour la lecture des récits « Les salauds » de l'innovatrice auteure, Rawene Ben Regaya, plus adéquate que la destruction de la forme au profit de la glorification de la profondeur dans la manipulation des éléments des récits et de l'envie d'écrire avec un scalpel pour ouvrir les plaies.

Ses récits sont un morceau de la vie et même s'ils suscitent parfois l'angoisse et l'anxiété avec les détails inquiétants et douloureux qu'ils relatent, ils n'incitent, sinon jamais, du moins que rarement au pessimisme :

« *Mais je ne suis pas citoyen, monsieur le policier et je ne suis pas humain ! Je suis chien ! Vous vous rappelez ? Vous-même, vous m'appelez Shishtu le chien ! Les chiens doivent-ils respecter également ces procédures ? Shishtu répond intrigué. Le policier hésita à rétorquer jusqu'à ce qu'il ait entendu la voix de son collègue lui dire depuis la voiture : Laisse-le et viens monter en voiture. Les chiens ne sont pas effectivement concernés !* » Le récit de Shishtu s'implante dans les oreilles comme des aiguilles.

« *Ah, j'ai oublié que tu es sourde, un sale cadavre quand tu dors, tu n'écoutes et tu ne ressens rien. Putain de nuit avec toi !*» (Récit Mériem).

Ces scènes et ce vocabulaire pénètrent droit au cœur, car ils n'émanent pas d'une plume sèche, mais d'une auteure qui suspend le temps avec son amour pour l'écriture, d'un cœur sensible et d'un esprit convaincu que la mise à nu du désordre social et des mentalités pathologiques constitue le noyau dur de la littérature.

« *Tu sais Monia que la terre est la peau de mes os et que j'aspire à être enterré sous un oranger et, surtout et par-dessus tout, que je ne meurs pas à la* maison. Que dois-je faire d'une maison à deux étages ? Mourir entre les arbres c'est mieux que mourir entre des murs qui n'ouvrent sur rien qui peut m'intéresser. Les murs font éclater en moi un désir insatiable de me suicider Monia ! Mais les frères de Monia lui ont dit :

-Ton mari va nous exposer aux railleries des gens. Qu'est-ce que ceux-ci vont dire à ton propos, Monia ? ».

Les récits de Rawene Ben Regaya puisent leur source d'une connaissance précise des secrets cachés de la société, des états d'âme et des scènes qu'elle esquisse et décrit. Elle les connaît parfaitement avec une humaine affection sans rapport avec le féminisme et la catégorisation des classes sociales, dans un style attachant témoignant d'un esprit indépendant et d'une connaissance des secrets de la faiblesse et de la force de l'être humain.

L'auteure n'aime pas les tours d'ivoire intellectuelles et les prises de position hautaines et délabrées des savants ni les segmentations des académiciens et chercheurs spécialisés. Quand elle écrit, elle passe du four au moulin, se place au milieu des gens, dans la poussière des impasses, traverse la boue des anciens quartiers, ce qui rend les scènes qu'elle décrit et les sentiments qu'elle étale très contagieux. L'auteure sent, pense, élabore et décrit usant de moyens bien pesés en lequel elle a toujours cru : les mots clairs, univoques et éloquents : « *Les filles de l'usine savent combien Fatma perd connaissance et ayant pitié d'elle, elles compatissent sincèrement avec elle. Mais personne ne sait que l'instant de la perte de conscience est le plus heureux instant dans la vie de Fatma et que cette perte de conscience constitue pour elle un exil doré serti de diamant, de topaze et de quartz. Le corps de Fatma est maintenant étendu sur le parterre de l'usine comme une rose fanée sur un vieux mur et son âme s'élève vers un ciel suffisamment large pour abriter tous les rêves tués par l'hypocrite Hajj Amor et après lui, par Jilani le mulet* ».

Prenant sa liberté dans le choix des mots, veillant à la précision dans ses descriptions, et usant d'un style et de formules parfois défiants, l'auteure n'a procédé dans les seize récits qu'elle publie dans le présent livre de poche ni à la théorisation, ni à l'analyse psychologique et sociale des comportements et attitudes de ses divers personnages. Elle ne s'est pas suffi non plus de se positionner sur les hauteurs pour voir se dérouler la vie et rendre des jugements de valeurs parachutés.

Usant de gigantesques ciseaux, elle s'est suffi de tailler, au moyen de petits coups, mais bien précis, un morceau de la vie des gens, un morceau à l'état brut, sans décor, ni jugement de valeur ou point de vue métaphorique. L'auteure semble être convaincue que les récits sont aussi infinis que les photos et que nous sommes en mesure d'écrire jusqu'à l'infini sur la vie des autres et parfois sur la nôtre. Elle semble également croire, avec la même force que l'écriture a aussi bien un pouvoir équivalent à celui de la création qu'une mission similaire à celle de la connaissance et de l'enseignement. C'est la raison pour laquelle elle a veillé à ce que les sujets de ses récits soient choisis avec un très grand soin comme un photographe professionnel qui choisit l'angle de la prise de photo et s'y oblige comme une ligne de conduite, car c'est cet angle qui détermine si nous sommes du côté de l'oiseau ou au contraire du côté de la flèche.

Jamel Jelassi

Traducteur, romancier tunisien

Traduit de l'arabe par Mohamed Lejmi

Avant-propos

« *Le but suprême du romancier, écrivait G. Duhamel, c'est de nous rendre sensible l'âme humaine, de nous la faire connaître et aimer dans sa grandeur comme dans sa misère, dans ses victoires et dans ses défaites. Admiration et pitié telle est la devise du roman* ».

Ce but on le retrouve pleinement concrétisé dans les 16 récits, écrits au départ en arabe, par la plume audacieuse et parfois défiante et provocatrice de la jeune nouvelliste tunisienne Rawene Ben Regaya et regroupés par elle-même sous le titre non moins provocateur « *Les salauds* ». Les personnages de ces récits, supports des problèmes substantiels humains et sociaux traités par l'auteur, sont comme disait Honoré de Balzac « *le résultat d'un art murement réfléchi* ». Ils sont choisis avec soin par l'auteure selon le jeu du vrai et du fictif et se présentent comme « *une copie stylisée de l'humain réel* ».

Ces récits, écrits dans une langue recherchée, brodée, concise, plus proche de la poésie que de la prose, dans un style sobre et dépouillé, adoptant un discours caractérisé par la concentration et l'intensité des expressions et des idées, emmènent le lecteur, l'attachent et l'inspirent. La quête de la profondeur en dépit de la concision a amené l'auteure à recourir à l'évocation plutôt qu'à la dénotation. Rawene, avec une plume d'une rare audace, ose ouvrir les plaies et dénuder la réalité humaine avec toutes ses douleurs, blessures et tragédies. Ses récits se présentent comme une représentation artistique de certains aspects déroutants de la réalité sociale, de ses contradictions, inquiétudes et déviations.

L'auteure connaît parfaitement les personnages réels de ses récits pour les avoir côtoyés de prés, pour les avoir eus comme voisins de palier ou de quartier ou pour avoir été élève avec eux. Elle les connaît parfois plus que les plus proches d'eux dans leur propre famille :

« *Je connais Fatma*, écrivait elle, *plus que son père Hajj Amor ne la connaît lui-même* ».

De ce fait, elle connaît parfaitement leur réaction psychologique quand ils sont opprimés et leur ressenti face à cette oppression et trouve une remarquable aisance à décrire de telles réactions et ressenti :

« Pour Sobhi, aucun malheur dans la vie n'est pire que celui d'un homme qui abandonne sa virilité dans une époque révolue et dans des lieux sombres ou qui troque sa masculinité contre des métaphores imaginaires. Ce qui lui est advenu était de loin pire que tout cela. L'humiliation qu'il avait subie était de nature à le faire disparaître de l'existence. Elle n'a pas seulement pulvérisé sa virilité, mais elle l'avait transformée à quelque chose de superflu et d'inutile. Il en fut complètement déstabilisé et passa par de graves dépressions. Il se méprisa lui-même et son âme chuta dans le vide et tomba dans l'abîme. Complètement affaibli, vidé de l'essentiel, incapable de relever la tête plus haut que ses pieds et de supporter le regard des autres, il a fini par s'isoler du monde ».

L'auteure met tout son talent de nouvelliste pour nous faire connaître les personnages de ses récits pour rendre ses lecteurs sensibles à l'âme humaine qui habite ces personnages et pour la leur faire connaître et aimer. Comment en effet rester insensible à la grandeur d'âme de Shishtu et comment ne pas l'aimer lorsqu'on lit le dialogue qu'il a eu avec ses deux chiens pour les dissuader d'attaquer les élèves qui pourtant se moquaient de lui, l'injuriaient, en le traitant de chien, et le poursuivaient, sans raison aucune, avec des jets de cailloux ?

« Ce sont des enfants, nous les chiens, nous n'attaquons pas les enfants » (Récit n° IV).

Comment s'abstenir d'aimer l'âme d'Am Salah victime d'injures abjectes et de graves violences de la part de l'ivrogne Jomâa qui ont failli mettre fin à sa vie, et qui aux premières excuses de son agresseur, n'a pas hésité un instant à lui pardonner malgré l'avis contraire de tous les habitants du quartier :

« Je lui pardonne, dit-il, non pas pour lui plaire et lui faire plaisir, mais pour satisfaire ma propre conscience ». (Récit n°12).

Que penser également de l'âme de Yosri, le frère de Zohra, la femme de Jomâa, qui souffre du syndrome de transsexualisme, qui se soigne et qui, alors qu'il venait d'être traité en son absence de tous les noms par Jomâa et d'être menacé par lui, des plus graves agressions physiques, frappa à la porte de celui-ci pour lui dire avec le sourire :

« *As-tu trouvé un rein Jomâa ? Zohra m'avait informé que tu n'as pas encore trouvé de donneur. Je suis venu t'informer simplement que je suis prêt à te faire don de l'un de mes reins. J'ai consulté le médecin. Il m'avait assuré qu'il n'y a aucun empêchement à cela !* » (Même récit).

D'une remarquable et vaste culture littéraire, juge de son état, poétesse dans ses moments de loisirs, grande sportive (ancienne membre de l'Equipe nationale de volley-ball), née dans une famille rompue à la littérature, son père étant professeur universitaire de philosophie et sa mère institutrice de talent, Rawene Ben Regaya, née le 21 mai 1989, originaire de Kélibia (Tunisie), doctorante en droit privé, est une grande lectrice de romans et de recueil de poésie et a des facilités naturelles particulières à l'écriture et à la création littéraire.

Ses récits réalistes, parsemés de métaphores, d'allégories, d'anaphores, de comparaisons et de divers autres procédés stylistiques, mixant la narration brodée avec le dialogue, tant intérieur qu'entre les personnages, et se situant dans un temps précis et dans des lieux appartenant à un monde réel qui sont familiers à l'auteur : la rue, les immeubles, la maison, le foyer universitaire, le lycée, en Tunisie et même ailleurs (Italie Récit n° 5), en ville et parfois dans la campagne (Récit n° 7), sont très agréables à lire.

Par le biais de l'ingéniosité qu'elle déploie lors de l'agencement des événements et de la cadence de l'évolution des scènes et des évènements, de la précision de la description de la réalité psychologique incarnée par ses personnages, de la variation des procédés stylistiques qu'elle maitrise et qu'elle met à contribution, du choix des personnages, de leur nom, de leurs caractères physiques et moraux, de la nature de la profession qu'elle leur attribue et de la précision et la méticulosité de la description de leurs réactions physiques et psychologiques face à l'évolution des événements et à la tournure que ces événements prennent, et de l'ancrage de l'action et des évènements dans le milieu spatio-temporel qu'elle décrit avec soin, par le biais de tout cela, elle parvient à faire naître, avec brio, chez le lecteur l'illusion de réalité des scènes et de leur cadre. De ce fait les récits de Rawene Ben Regaya font rêver, consolent, amusent parfois, attristent, font rire, attendrissent, font frémir, font pleurer et peuvent même choquer et heurter la bienséance.

Consciente, à l'instar de Stendhal, que son œuvre littéraire « *n'est qu'un miroir qui se promène dans la grande rue* », que tantôt elle reflète aux yeux du lecteur « *l'azur des cieux, tantôt la frange des bourbiers de la route* » et que l'homme ou la femme « *qui porte le miroir dans sa hotte sera peut-être accusé par certains lecteurs d'être amoral* » ! L'auteure semble partager ce que le même illustre auteur avait si pertinemment dit à ceux-ci : « *Vous accusez le miroir ! Accusez plutôt le grand chemin où est le bourbier et plus encore l'inspecteur des routes qui laisse l'eau croupir et le bourbier se former* ».

Pour l'auteure, aucun sujet humain ou se rapportant à la vie n'est tabou ou étranger au domaine de la littérature. Tout ce qui concerne la vie, sans exception aucune, doit pouvoir être débattu littérairement et la littérature ne saurait se cantonner à ce qui est considéré comme conforme aux règles de la bienséance et de la pudeur sans être amputée et sans devenir, de ce fait, boiteuse.

N'intervenant directement que rarement, laissant plutôt ses personnages évoluer le plus naturellement la plupart du temps, l'auteur semble faire sienne l'affirmation écrite par Gustave Flaubert dans sa lettre adressée à Louise Collet selon laquelle « *L'auteur doit être comme Dieu dans l'univers, présent partout et visible nulle part* » ([1]).

Bonne lecture à toutes et à tous.

Mohamed Lejmi
Ex Premier président de la Cour de cassation
Ex Procureur général, directeur des services judiciaires
Avocat près la Cour de cassation

([1]) Lettre du 9 décembre 1852.

I

Meriem

« Le cœur a ses raisons que la raison ne connaît point »

Blaise Pascal (Pensées)

Avant le confinement, Meriem pratiquait en secret la boxe tous les jours dans une salle de sport discrète et sans renommée se trouvant non loin de sa maison.

Lorsqu' Abdel Hafidh lui a demandé pourquoi elle sortait chaque matin, elle a prétendu, chaque fois qu'elle manquait de produit de nettoyage ou de denrée pour cuisiner.

Meriem pratiquait la boxe pour Abdel Hafidh lui-même, pour qu'elle puisse, un jour lorsqu'il lui lance, comme d'habitude lors de chaque querelle, un mégot de cigarette ou une chaise, lui administrer un coup fatal.

La boxe avec les tâches ménagères qui ne finissent jamais la fait tomber, la nuit venue, comme un cadavre qui ne peut plus rien ressentir.

Chaque nuit, Abdel Hafidh la secoue violemment de la main et s'écrie :

« Ce salaud, notre voisin du dessus, ne me laisse pas dormir. A la fin de chaque nuit, à 1 heure du matin, il commence à tousser fortement jusqu'à l'aube ».

Meriem lui répond d'une voix morte, proche du sifflement des vipères :

« Laisse-moi dormir, je suis épuisée, je n'entends rien, je n'entends pas de toux.

-Ah, j'ai oublié que tu es sourde, un sale cadavre quand tu dors, tu n'écoutes et tu ne ressens rien. Putain de nuits avec toi ! ».

Il répète le même discours au moins trois fois par nuit. Parfois Meriem ouvre les yeux sans qu'Abdel Hafidh s'en aperçoive et prépare son poing pour lui donner le coup magique pour lequel elle s'était entraînée des jours et des mois.

Puis à cause de la fatigue, elle renonce à le faire et se rendort tout en priant en secret :

« Oh mon Dieu, donnez-moi un fort dos ! »

Aujourd'hui, en raison du confinement général, Meriem ne peut plus aller aux séances de boxe. Elle n'est plus aussi fatiguée que par le passé et a déjà pris conscience de la toux de son voisin du dessus, une toux fréquente, sévère et douloureuse, comme celle consécutive à la tuberculose. Toutes les nuits, à 1 heure du matin, la poitrine du voisin vibrait violemment et celui-ci n'arrêtait pas de tousser. Ce qui a incité Meriem à réagir cette fois aux cris d'Abdel Hafidh:

« Peut-être que le voisin est un vieillard atteint de tuberculose. Nous devons l'aider Abdel Hafidh ! Qui va le nourrir dans ces circonstances ? Va le voir demain et donne-lui de quoi se nourrir.

- Je lui apporte à manger ! Tu es folle ou quoi ? Du coup, je vais lui baiser la main pour le remercier du cadeau d' 1 heure du matin. Il vaut mieux pour moi, que j'appelle le 190 et que je le dénonce comme étant atteint du coronavirus et finir mon histoire avec lui.

- Comment tu dis cela, ô Abdel Hafidh ! Il est inconcevable de le dénoncer à ce titre, l'homme toussait depuis des mois, avant même que le virus apparaisse. Je suis sûre qu'il s'agit d'un vieux, solitaire, abandonné et sans soutien. Nous devons alors faire quelque chose de bien, pour l'amour du ciel !»

Abdel Hafidh frotta sa barbe épaisse pendant un moment, comme quelqu'un qui réfléchissait profondément, puis dit fermement :

« Alors à toi de monter, je ne peux contenir ma colère si je le voyais !

-D'accord ».

Le lendemain, Meriem monta l'escalier prudemment avec un plat et un sac à la main et frappa à la porte avec prudence.

Après quelques minutes, la porte s'ouvrit lentement et une grande silhouette et un visage pétri de grâces sont apparus. Des yeux verts comme deux pommes ondulant de lumière et d'eau, un teint clair, mais gâché par une pâleur profonde, une bouche dessinée avec art et délicatesse, des traits fins et chauds et des cheveux blonds comme un champ d'épis derrière la colline.

L'homme toussa devant elle et couvrit sa bouche avec une grande confusion. Il exprima son regret. Sa voix calme parvint à l'oreille de Meriem comme un léger murmure dans le ciel de son exil.

Meriem lui a remis l'assiette et le sac et en recevant les choses, la main pâle et élancée de l'homme, s'apparentant à une chaussure d'un combattant se rendant au paradis, lui toucha incidemment la main.

Elle regarda le poing de sa propre main, prête à renverser Abdel Hafidh et sentit soudain qu'elle s'est revêtue une couleur orange et s'est transformée brusquement en un horizon étiré dégustant le vin du soleil et que des arbres, des rosiers et une lune ont poussés dessus. Elle découvrit seulement maintenant qu'elle a une main et que sa découverte est due au fait que c'est elle, cette fois, qui est allée au monde et n'a pas attendu, comme elle faisait à chaque fois, que le monde vienne à elle.

Majd est peut-être plus jeune qu'elle, mais l'enfance dans son regard a extirpé de son cœur toute la laideur qu'Abdel Hafidh a focalisée.

Quand une personne tue son enfance, il se suicide. Elle a besoin de Majd, elle le veut, maintenant, immédiatement, dès le premier instant, avec sa toux et toutes ses maladies apparentes sur son visage.

Elle a voulu désespérément qu'il grimpe le tronc du mûrier de la cour de la vieille maison sur sa poitrine et qu'il cueille la lune avant qu'elle ne tombe dans le puits.

Abdel Hafidh considérait Meriem comme une esclave, une servante et quelque chose qui lui appartient pour toujours. Pour lui, elle était comme la terre qu'il aime et qu'il déteste, qu'il laboure et qu'il bat. Elle signifie pour lui tous les détails de la propriété absolue qui préserve pour lui seulement, la dignité et les moyens de subsistance. Il n'a jamais vu en Meriem la femme, la personne et l'énergie humaine mouvante. Il n'a pas su que la patrie ne pouvait atteindre son effectivité que si elle était associée à l'appartenance à l'une des forces en conflit.

Il est sorti ce soir-là et est rentré chez lui la nuit. Il n'a pas trouvé Meriem. Il l'attendit jusqu'à ce qu'il est devenu presque fou. Il téléphona en vain à tous ses proches. Il réfléchit hystériquement à une solution quand ses yeux tombèrent sur la montre. Elle indiquait qu'il est 1 heure du matin. Abdel Hafidh s'accroupit sur ses genoux, garda le silence intérieurement et en dehors de son être et tendit les oreilles jusqu'au bout de l'existence ... Personne ne tousse !

II

Les dés sont jetés

Alea jacta Est

« Plus les oiseaux volent haut, plus ils semblent petits à ceux qui ne savent pas voler »

Friedrich Nietzsche

C'est un grand choc dans la vie de Fedwa. Elle vient de découvrir suite à la présence continue de Si Hamadi au foyer conjugal, du fait du confinement général décrété par les autorités publiques, que celui-ci est sans valeur.

Fedwa passait toute la journée dans un appartement étroit au 5° étage d'un immeuble de la zone d'Ezzahra. Elle se lève à l'aube pour préparer le café sacré pour son maître Hamadi qui est en train de se raser la barbe en sifflant et en chantant faux.

Il l'interpelle de temps en temps :

« *Ô fille, dépêche-toi de préparer le sandwich, qu'est-ce qui te rend si lente, alors que tu n'as rien d'autre qui t'occupe ?*»

Fedwa se précipite pour tout préparer. Elle enveloppe le sandwich avec beaucoup de soin pour éviter que si Hamadi soit embarrassé devant les grands de sa hiérarchie et verse soigneusement le café dans le thermos après l'avoir aspergé de quelques gouttes d'eau de fleurs d'oranger et se met à prier pour que sa journée soit un pur succès.

Si Hamadi s'apprêtait à sortir quand il jeta un coup d'œil rapide vers Fedwa sans la voir vraiment et lui dit avec dédain :

« *S'il te plaît, ne me dérange pas avec tes appels comme à chaque fois ! Ces doléances comme… nous n'avons plus de pain, des couches et du lait pour les enfants, garde-les pour toi et débrouille-toi toute seule. Mon travail est important et j'en ai beaucoup. Je recevrai aujourd'hui des officiels de haut rang. Ne me contacte donc pas* » !

Fedwa entend tapoter les chaussures de Si Hamadi à l'extérieur de la maison puis l'entend saluer avec courtoisie et délicatesse la voisine du palier qui sortait de sa maison en même temps que lui :

« *Bonjour madame* ».

Prise par la colère, Fedwa murmura intérieurement :

« *Courtois et respectueux avec tout le monde sauf avec moi. Que Dieu te guide Si Hamadi* ».

Elle se met ensuite au travail de la maison. Elle s'occupe à répondre aux besoins des enfants qui ne finissent pas, à nettoyer la maison, à préparer à manger… jusqu'à ce que Si Hamadi rentre à la maison, le soir pour diner et dormir.

En ces jours de confinement, dans ce même appartement étroit, Si Hamadi reste quotidiennement avec Fedwa et les enfants et passe de longues heures allongé sur un canapé, tandis que fedwa continue à s'activer à son rythme habituel qui est devenu son pain quotidien. Elle tourne, comme une folle, dans l'appartement, autour de la cuisine, la chambre à coucher, la chambre des enfants et la machine à laver. Elle fait tout marcher et tire toutes les ficelles.

Si Hamadi la regarde avec étonnement. Intérieurement, il ressent la honte, une honte associée à un sentiment d'impuissance, de remords et de manque de masculinité.

Fedwa le regarde en passant de la salle de séjour comme une virgule entre deux phrases. Elle observe pour la première fois le ventre d'Hamadi, son visage maigre et sombre et capte sa mauvaise haleine.

Elle jeta un coup d'œil furtif sur ses pieds et remarqua une déformation qu'elle n'a jamais remarquée auparavant. Elle est habituée à le voir bien rasé, vêtu d'un costume haut de gamme. Soudain, il lui est apparu comme un vieux dromadaire allongé, sans valeur, sur le canapé. Il mange et regarde le journal télévisé, il mange et suit les informations éparses, puis il mange et somnole. Il gronde les enfants de temps à autre, mais il use d'un langage absurde, dénué de sens, alors ceux-ci l'ignorent purement et simplement.

L'homme est juste ordinaire, dépourvu de souvenirs et bien loin d'avoir le don de créer la lune à partir de l'obscurité, comme elle le pensait.

Quand les enfants se sont endormis, Fedwa s'est isolée dans un coin et passa en revue dans son imagination sa vie antérieure et s'interroge :

« Est-ce pour ce corbeau que j'ai sacrifié ma beauté, ma jeunesse, mon travail et mes études ? Oh mon Dieu, qu'est-ce qu'il est laid ! Etais-je ensorcelée ? Je jure devant Dieu que j'étais ensorcelée ! ».

Elle se frappa les joues en silence et ressentit, tout à coup, une secousse qui l'avait déplacée soudainement du néant vers elle-même comme un astronome se déplace d'une planète à une autre.

Puis elle a senti une grande lumière qui traverse sa poitrine et y fait jaillir un faisceau multicolore et chaud de luminosité qui, comme une pommade magique, passait sur les plis de son âme et l'inondait d'un bonheur sans fin.

Quelque chose a pris son envol dans son cœur, à l'instar d'une colombe qui s'envole jusqu'aux extrémités du roucoulement.

Pour la première fois de sa vie, Fedwa s'est sentie complètement libérée de Si Hamadi. Elle découvre pour la première fois aussi, qu'elle est la maîtresse de cette maison et la présidente de sa République et que, sans elle, le dromadaire sera complètement perdu.

Quant à Si Hamadi, il vient de découvrir la femme qui vivait avec lui depuis des années et dont les professions qu'elle exerce sont beaucoup plus pénibles que sa banale profession. Il découvre également que cette femme lui est nécessaire comme le sommeil et qu'il est un père raté et complètement perdu comme un étrange oiseau dans le pays d'Egypte.

Il se rend compte enfin que Fedwa s'est habituée à son absence, qu'elle n'a cessé de vivre seule, même en tournant autour d'elle-même.

Il a découvert aussi que Fedwa montait de temps à autre sur le toit pour fumer.

III
Laisse-le venir !

« L'amour crée dans la femme une femme nouvelle. Il n'y a plus de passé pour elle. Elle est tout avenir et doit tout oublier pour tout réapprendre »

Honoré de Balzac

Fedwa est montée sur le toit pour fumer comme d'habitude après avoir fait endormir les enfants et s'être assurée que Si Hamadi était sorti au café ce soir-là pour jouer aux cartes. Pour elle la maison est comme une prison et la prison est lugubre.

C'était sa seule façon d'apprivoiser la douleur qui escaladait son cœur et de préserver ce qui restait de sa dignité. Elle prend une inspiration intense de sa cigarette et la stocka dans son intérieur un bon bout de temps avant de la libérer, usant de cela comme un procédé d'élargir le monde qui s'est rétréci autour d'elle et de l'accueillir avec passion en guise de réconciliation.

L'ambiance était agréable et des brises légères et fraiches lui rappellent les jours du célibat quand elle s'étirait avec un corps plein de sel près du ciel et de la naissance du soleil. Les jeux sont maintenant faits. Le rapprochement physique de Fedwa avec Si Hamadi durant le confinement a mis à nu tous les sentiments de haine qui dormaient entre eux comme un insecte.

Si Hamadi n'a pas épousé Fedwa par amour. Pour eux deux, le mariage était conclu pour compenser deux histoires d'amour ratées. Si Hamadi a aimé sa cousine, Nadia, quand il était étudiant à l'université. Il arrivait à peine à subvenir à ses besoins, alors que Nadia voulait une vie prospère. Elle épousa un homme du golfe et a quitté le pays pour vivre avec lui. Pourtant Si Hamadi lui avait dit :

« *Epouse-moi, Nadia et je serai ton serviteur à vie !* Nadia lui a répondu :

-A quoi sert de te marier avec moi, si tu n'es pas certain que tu enfanteras un enfant plus beau, plus fort et plus riche que toi ? »

Si Hamadi portait toute la tristesse de la terre sur sa poitrine et se tourna vers Fedwa qui n'était qu'une simple amie qui l'écoutait comme une petite fenêtre qui s'ouvrait à lui et qui la connaissait. Il a pleuré sous son balcon pendant un an jusqu'à ce que Fedwa vienne à lui un jour, portant elle aussi avec elle sa blessure. Elle s'en est vanté comme si cette blessure était un panneau d'éclair dans les tristes nuits et d'une voix rauque, elle a chanté à Si Hamadi cinquante mélodies sanglantes, lui promettant de nouveaux toasts et d'arcs-en-ciel et de lui écrire quotidiennement ses lettres d'amour, de lire ensemble des articles sur la démocratie ainsi que le roman « liberté et mort » et de voyager ensemble en Grèce.

Fedwa regarde la cigarette se consumer entre ses doigts, se moquant du souvenir, elle murmura d'une voix basse une mélodie instantanément inventée par elle :

« *L'âne s'est éloigné de sa terre et entré sur la terre d'un autre pays sans permission. Il était un âne avec une certaine dignité. Il est devenu un âne sans dignité aucune. Qui peut attraper l'âne maintenant ? »*.

Fedwa ne se souvient d'elle-même que portant des produits de toilette et des couches, ou dans la cuisine préparant à manger ou dépoussiérant la maison à coup de balai. Elle a ri avec plus d'ironie et a pensé :

« *Par Dieu, c'est un suicide secret que personne ne peut ressentir ! Moi et le pauvre Hamadi, sommes comme deux soldats qui, venant en sens inverse, se sont rencontrés dans deux directions opposées, à un point de la forêt. Peu importe pour le moment de savoir qui des deux a tué l'autre* ».

Ce matin-là les enfants criaient. Ils voulaient jouer avec Fedwa. Mais celle-ci ressentait des douleurs intenses au ventre, au dos et aux jambes. Elle s'est souvenue que c'était le début de son cycle menstruel.

«*Hamadi,* a-t-elle appelé, *joue un peu avec les enfants, je suis fatiguée aujourd'hui.*

- Je ne peux pas, j'ai du travail sur l'ordinateur », répondit-il froidement.

-Tu peux tout de même sacrifier une demi-heure de ta vie pour les enfants. C'est en même temps une occasion pour toi de les connaître, Si Hamadi, insista Fedwa.

- Il me suffit de connaître ta chemise en maille serrée que tu ne la changes pas et ton pantalon gris tâché de produits de nettoyage. Laisse-moi, maintenant !»

Fedwa a inhalé une seconde inspiration profonde de sa cigarette, qui était la seule flamme de lumière dans cette obscurité intense. Elle l'a stockée de nouveau longtemps, puis l'a libérée comme quelqu'un qui réveille une bosse violemment amère et sauvage. Et s'adressant à elle-même, elle murmura :

« Arme-toi de patience, Fedwa, pense à l'intérêt des enfants. Ton père ne t'a pas appris le suicide ou le désespoir et il ne t'a jamais dit que tu as été créée pour servir de proie. La justice n'est pas un domaine de recherche en ce moment et le temps *n'est pas adéquat pour remplacer les clés de ta vie pour les empiler sur les anciennes clés ».*

Elle ferma les yeux violemment, mais agréablement, en sentant des mains chaudes et soyeuses caresser son long cou et glisser doucement des doigts fins sur elle. Comme dans les légendes, elle a senti l'eau descendre sur elle depuis l'horizon sumérien.

Son cœur s'est empli brusquement de rêves, comme ceux éveillés par les prières des pauvres. Elle s'est retournée et a chuchoté :

« C'est toi ! »...

La voix lui répondit alors que les bras encerclaient son flanc comme s'ils tiraient une gazelle de son escadron :

« Ne te soucie pas. Nous souffrons tous de ces foyers qui attirent notre destin. Ils ne sont pas un lieu de rencontre, mais un lieu de conflit et de confrontation ».

Fedwa lui remis la cigarette pour la partager sans se retourner et a chuchoté :

« La vie est une mauvaise pièce de théâtre. Pourquoi tant d'arrogance ? J'ai hérité de ma religion et de ma nation et je n'ai jamais été confrontée à un seul moment qui me donne à choisir ».

La voix sourit après avoir tiré une profonde aspiration de la cigarette et chuchota :

« N'as-tu peur ce soir que ton maître Hamadi nous surprenne ? Tu frissonnais de peur de lui… ».

Fedwa a observé un long silence puis se rendant dans ses bras et poussant un profond soupir, elle murmura :

« Laisse-le venir ! »

IV

Shishtu

« La chose à propos des gens intelligents c'est qu'ils semblent être des fous aux gens stupides »

Stephen Hawking

Vive le coronavirus ! Vive la pandémie ! Shishtu était en extase. Il s'agenouilla et leva vers le ciel deux mains craquelées comme deux larges récipients de misère. Des gouttes espacées de pluie fine lui tombèrent sur le visage. Des éclairs illuminant le ciel accentuèrent encore son extase et l'amenèrent à s'écrier :

- « Quelle ruse céleste donne à la pluie de m'annoncer l'odeur de la conscience du monde ? Que les théories du progrès et de l'intentionnalité de l'Histoire qui pourraient ramener l'humanité à la grotte aillent au diable et que vive Zahia ! Ô Zahia ! Je saurais, où que tu ailles avec le vent, comment te ramener !

Je connais Shishtu depuis longtemps et tout le monde le connaît. Il est célèbre et ostracisé comme un appendice dans le corps de la scène publique.

Son père était marchand de charbon et sa mère vendait du pain au marché. Shishtu était très intelligent. Il voulait poursuivre ses études, mais son père l'avait forcé à l'aider et à vendre du charbon. Il s'était retiré alors dans la boutique et s'était adonné à la lecture de la philosophie et il est devenu philosophe. Il a aimé ensuite Zahia, mais celle-ci a épousé un orfèvre et Shishtu est devenu, de ce fait, fou.

Il a quitté la maison parentale et s'est installé dans une hutte loin de la ville. Il parcourt maintenant les rues avec des vêtements usés et des cheveux ébouriffés. Il est toujours suivi de deux chiens, Marx et Engels et c'est pour cela que tout le monde le surnomme Shishtu le chien.

Il y'a des années, je l'avais souvent croisé, avec ses deux chiens, sur le chemin du lycée. Les élèves le poursuivaient avec des jets de cailloux. Il ne les a jamais insultés et quand les deux chiens commençaient à aboyer, il les calmait en leur murmurant :

- « *Ce sont des enfants, nous les chiens n'attaquons pas les enfants* ».

Les chiens continuaient à aboyer hystériquement et les élèves fuyaient en hurlant :

« *Shishtu le chien nous poursuit !* »

Shishtu se mettait la tête entre les mains et marmonne :

« *Que les théories du progrès et de l'intentionnalité de l'Histoire qui pourraient ramener l'humanité à la grotte aillent au diable et que vive Zahia ! Ô Zahia ! Je saurais, où que tu ailles avec le vent, comment te ramener !* »

Nos regards se joignaient parfois et il me contemplait, ses pupilles s'élargissaient comme ceux de quelqu'un qui a été kidnappé par une main baladeuse sortant d'un train en pleine vitesse. Peut-être que c'était de sa part un message codé ou un appel qui m'avait submergé sans réaliser, pour autant, ce qu'il voulait me transmettre exactement.

C'est que j'étais jeune pour pouvoir interpréter les significations mystérieuses ou même pour les accepter. J'étais juste sûre que Shishtu n'était pas réellement fou.

Un jour, j'avais décidé de l'aider, j'avais alors ramassé dans un sac diverses choses, de la nourriture et des vêtements que je lui avais remis. Mes jambes avaient tremblé quand je m'étais approchée de lui. Il était majestueux à l'instar d'une grande pensée reliée à un rocher comme un cri strident bâillonné. Il a pris le sac que je lui tendais, l'avait mis sous ses aisselles et avait bégayé comme s'il souffrait d'hallucinations après avoir pris de fortes doses d'anesthésie :

« Merci, merci ! Tout cela est de la nourriture pour mes amis Marx et Engels ? Mais vous avez oublié le rat qui court dans tous les sens dans ma tête. Ne vous inquiétez pas. Passez le bonjour à Zahia. Les bijoux sont rusés ! ».

Le monde l'appelait Shishtu le chien, même certains agents de police, quand ils le voyaient debout devant un magasin ou un café, ils le chassaient en lui disant :

« *Prends tes chiens et disparaît d'ici, Shishtu le chien* ».

Comme si on avait pressé des melons amers dans son cœur, Shishtu traînait alors les pieds et s'isolait dans sa hutte pendant des jours, tandis que le monde autour de lui, se noyait dans le vacarme.

En ce jour de confinement général, le calme règne sur le monde. Shishtu a tendu les oreilles jusqu'aux extrémités de l'être, il n'y a pas une seule voix humaine audible. Il se précipita vers le silence à l'extérieur comme s'il se jetait dans une forteresse qui le ramassait des extrémités les plus reculées de la terre et l'enlaçait et le câlinait comme si elle était sa mère.

Il marchait, Marx et Engels le suivaient comme deux statues vivantes dans une mort métaphorique sélective.

Il chercha les gens autour de lui, il n'a trouvé personne. Extasié, il regarda les chiens et s'écria :

« *C'est la fin du monde ô camarade ! Tous sont morts et nous avons survécu ! Le monde est désormais notre propriété exclusive !* ».

Il regarda autour de lui, il n'a vu aucun enfant le poursuivre avec des cailloux. Mais, il repéra une voiture venant de loin. Ses pas ont alors vacillé et il arrêta de marcher. Un agent de police descendit de la voiture et interpella Shishtu :

« *Que fais-tu là en ce moment espèce d'idiot ? Ne sais-tu pas que tu violes l'interdiction de circuler ?* ».

Shishtu se tourna alors vers ses chiens en riant :

« *Vous entendez, il nous accuse de violer l'interdiction !* »

Puis il se tourna vers le policier s'enquérant :

« *Quelle interdiction, monsieur le policier ?* »

Celui-ci répondit avec mépris et dédain :

« *Le couvre-feu, idiot ! Nous sommes en période de pandémie ! Le coronavirus !* »

Il s'apprêta à dire que tous les citoyens... quand il se ravisa pour dire que toute personne doit rester chez elle, dans son domicile durant l'interdiction.

« *M'as-tu compris ?* L'interrogea-t-il.

- Mais je ne suis pas citoyen, monsieur le policier, et je ne suis pas humain ! Je suis chien, vous vous rappelez ? Vous-même, vous m'appelez Shishtu le chien ! Les chiens doivent-ils respecter également ces procédures ? » Shishtu répond intrigué.

Le policier hésita à rétorquer jusqu'à ce qu'il ait entendu la voix de son collègue lui dire depuis la voiture :

« *Laisse-le et viens monter en voiture. Les chiens ne sont pas effectivement concernés !* »

Shishtu était à cet instant un chien. Un chien libre, un maître et un Sultan ! La qualité de chien était pour lui l'une des caractéristiques du grand plaisir de cet instant.

Il voulait voler, grimper au sommet comme une étoile qui a déraillé de sa trajectoire et qui s'est mise à tourner dans la galaxie.

Il ne se souvient pas quand il a quitté son corps et ne se rappelle pas qu'il a été emprisonné dans un corps.

Il a couru en criant :

« Vive le coronavirus ! Vive la pandémie ! »

Des gouttes distancées de pluie fine tombent sur son visage, des éclairs illuminent le ciel, le rendant plus heureux et il crie :

- *« Quelle ruse céleste donne à la pluie de m'annoncer l'odeur de la conscience du monde ? Que les théories du progrès et de l'intentionnalité de l'Histoire qui pourraient ramener l'humanité à la grotte aillent au diable et que vive Zahia ! Ô Zahia ! Je saurais, d'où que le vent t'amène, comment te récupérer ! »*

V
Diego n'est plus…

« La femme vit par la pensée de l'amour que par l'amour même »

Georges Sand

Entre la vie et la mort, hospitalisée dans une chambre exiguë, Pamela Médicis n'arrive pas à croire qu'elle est vraiment atteinte par la Covid 19. Elle vivait presque emprisonnée dans une misérable maison, située dans une région reculée au nord de l'Italie et appartenant à Alberto, son minable mari.

Elle ne sortait que pour aller au marché acheter ce qu'il lui fallait pour cuisiner, ou alors pour se rendre à la boutique de Diego Rotoulou pour soi-disant, réparer, comme à chaque fois, sa même chaussure. C'est sa seule paire de chaussures qu'elle cassait délibérément le talon de l'une d'elle afin de se créer un prétexte pour se rendre chez Diego, le cordonnier du coin, afin qu'il puisse, avec ses doigts longs, fins et blancs, la réparer en sa présence. Et à chaque fois, Diego prend la chaussure, l'examina en silence, fronça les sourcils, frotta la barbe et sans la regarder vraiment lui murmura :

« *Ne t'en fais pas Pamela, je vais la réparer* ».

Pamela se demande à ce jour comment le virus a pu l'atteindre alors qu'elle ne sortait de chez elle que rarement. Pour elle, c'est le méprisable Alberto, petit marchand de machines à coudre, toxicomane et sans ambition qui le lui aurait transmis.

Alberto est un jeune téméraire qui ne se soucie de rien. Depuis qu'il l'a malencontreusement épousée, il l'a transformée en servante et mère de deux enfants épuisée. Il quitte la maison à l'aube et revient très tard la nuit. Il ne passe avec Pamela que quelques minutes, environ une fois par mois, mais ces éphémères minutes d'intimité, dépourvues de tout réel plaisir, sont suffisantes pour provoquer une brulante explosion dans le ventre de Pamela.

Entre la vie et la mort, elle délirait et chuchotait à l'oreille de l'infirmière :

« *Hélas pour moi, j'ai raté une occasion de faire l'amour avec Diego, mais, je crains qu'il me refuse lorsque je me déshabille devant lui, comme il a toujours refusé la nourriture que je lui apportais après l'avoir subrepticement enveloppée. Il me disait toujours :*

-Ne te dérange pas pour moi, Pamela, ne me prépare plus à manger, tu es une femme débordée. Mange, toi et les enfants »

Et à Pamela de continuer à délirer :

« *Je crains qu'il me refuse, qu'il me dise : va Pamela, moi je t'aime, mais je n'ai pas envie de toi !* »

Soudain, Pamela arrête de respirer, des perles de sueur couvre alors son front, sa bouche se sèche. Très inquiète l'infirmière la prie de se calmer, d'arrêter de parler, de se reposer un peu. Mais Pamela se ressaisit, serre avec force la main de l'infirmière et continue de délirer :

« *Tu sais Clara, Diego est cultivé, chaque jour, après avoir fait endormir les enfants, je le contemple à travers la fenêtre de la maison. Je le regarde* travailler, prendre une heure de pause. Il lit alors un livre. Il ne mange pas beaucoup. Figure-toi Clara, j'ai raté l'occasion de m'associer à ses gênes, je mourrais peut-être et mon souhait à cet égard sera enterré avec moi ».

Pamela se met à haleter encore et concomitamment n'arrête pas de tousser fortement. L'infirmière la supplie alors de nouveau d'arrêter de parler, mais Pamela s'acharne à poursuivre son délire pour expliquer, soutenir, et défendre la signification de son amour pour Diego. En s'appuyant sur les bras de l'infirmière, elle poursuit :

« *Je déteste Alberto, mon mari. Il est sans valeur, insignifiant, il n'a jamais ouvert un livre. Le matin, il urine sans gêne devant moi, laissant ouverte la porte des toilettes, j'entends et vois alors tout, car la maison est étroite. Je me sens alors nauséeuse et me mets involontairement à vomir et quand il me voit en cet état lamentable, il me gifle et me dit :*

- Je te dégoute, espèce de méprisable ! Ton visage m'est horrible ! Rien qu'à te voir, ma mort

s'allonge et se fait plus longue. Il m'est suffisant que tu sois emprisonnée avec les deux enfants, que j'ai pu te réduire au rôle d'une servante, une nourrice sans plus ! ».

Et à elle de continuer :

« Quand je passe chez Diego, je ne peux me retenir, je raconte tout et je fonds en larmes. Il me console tendrement, me tendant une petite serviette pour m'essuyer les larmes et me dit : Ne t'en fais pas Pamela, tu gagneras les deux enfants et il perdra tout. Puis il me serre tendrement contre sa poitrine jusqu'à ce que je retourne à mon néant en tant que visiteuse pour un temps éphémère qui ne permet ni de vivre ni de mourir, et quand il me serre, je me sens comme un oiseau auquel on offre l'occasion de voler au-delà de la nature et hors du temps mais pour une courte durée ».

Soudain, le visage de Pamela change de couleur, ses yeux s'écarquillent, fixe l'infirmière d'un regard intense et lui déclare :

« Le destin n'est pas tout à fait prêt à me faire extirper de ma lune. Je vaincrai la maladie.

Clara ! J'aurai le dessus sur le virus. Je sortirai au monde pour me déshabiller devant Diego et mettre fin au cauchemar avec le vilain Alberto. Je vivrai, Clara, je vivrai avec lui et les deux enfants et nous serons heureux tous les quatre. Je me pardonnerai plus d'une seule erreur que j'ai commise, n'est-ce pas Clara ! »

Clara lui serre tendrement la main pour l'encourager et murmura :

« *Il faut que cette pandémie nous concède une trêve. Oui Pamela, je vois le salut pointer à l'horizon* ».

Elle s'exprima ainsi, quand un jeune infirmier passa en courant dans les couloirs, appelant son collègue et lui demandant d'enregistrer le décès du patient hospitalisé dans la chambre voisine à celle de Pamela :

« *Enregistrez Alphonso, lui demanda-t-il, qu'aujourd'hui, à minuit cinq minutes, l'adulte Diego Routollo, est décédé victime de la covid 19* ».

VI
Si Adel

« L'amour n'a point d'âge, il est toujours naissant.

Baise Pascal

Si Adel s'était bien préparé pour la fin de sa vie. Il avait établi son testament et avait partagé ses biens entre ses enfants avec équité et amour. Tel un noble guerrier fatigué des guerres et des invasions, il s'était attablé au balcon de sa spacieuse villa, pour se remémorer les grandes étapes de sa vie glorieuse et essayer héroïquement de les dépasser pour mieux s'adapter à l'automne de sa vie finissante.

Il doit maintenant observer, avec courage et dépassement, un temps d'arrêt, face à la glorieuse vie qui était la sienne, pour évaluer sa belle vie finissante, loin des regrets et des « sentiments d'amertume de la disparition d'un état privilégié » qui était le sien (²).

Alors qu'il était à la fin de la soixantaine de sa vie, il ne devait pas refuser de mourir. Il devait brûler les larmes des célèbres chansons, dépouiller la branche de l'olivier de toutes ses fausses branches et chanter pour la joie une dernière fois. Il devrait, pour cela, descendre de son tour d'ivoire pour marcher dans l'avenue qui a porté son enfance, pour une dernière promenade, et montrer son orgueil de l'homme qu'il est devenu et qui sera balayé par l'Histoire après l'avoir contemplé pour une dernière fois.

Si Adel avait tout préparé pour sa sépulture. Il avait choisi les fleurs qui orneraient son cercueil et avait localisé le cimetière dans lequel il serait inhumé. Il avait même précisé les mensurations de la tombe, car Si Adel était grand, svelte et bien conservé alors qu'il s'apprêtait à finir avec la vie comme une tente qui finit par s'écrouler sur du gravier.

(²) Formule empruntée à Philippe Bouvard. Il disait que le regret c'est « l'amertume née de la disparition d'un état privilégié ». Ce n'est pas les remords ».

Il avait tout préparé pour une fin de vie digne de sa stature, quand Rahf, une jeune femme dans la trentaine, avait pris d'assaut sa vie. Elle lui avait tendu deux bras comme deux rivières séchées et l'avait aimé, lui ayant offert un visage ensoleillé et l'enfant souriant dans ses yeux. Elle s'était proposée à lui en tant que jeune femme qui n'avait pas encore appris les arts martiaux ayant vu en lui un ancien seigneur de guerre qui a acquis une renommée hors pair, tant en orient qu'en Occident. Elle avait demandé à le rencontrer et s'était envolée vers lui comme un oiseau qui s'envole à la recherche du matin.

Son apparition inattendue dans sa vie s'apparente à une tempête qui avait soudainement traversé ses pieds, dispersé ses membres et l'avait fait chuter stupéfait sur les marches d'un escalier déserté. Il ne l'avait pas crue au début :

« *Comment tu m'aimes alors que je suis si vieux ? J'ai laissé mon avenir derrière moi et je ne sers plus à rien !*».

Dans son for intérieur, tout l'incitait à vivre l'histoire jusqu'à la moelle, même si cette histoire n'était qu'un gros et dernier mensonge de sa vie, même si Rahf n'était qu'une petite promenade et le dernier verre de vin ou la dernière et ultime aventure. Il tombait de jour en jour dans la dépendance de son amour et l'absence physique de Rahf de son univers le mettait, désormais, dans « un état de manque » dramatique comparable à celui que ressentirait un toxicomane qui se trouve privé de sa dose quotidienne de substance stupéfiante. Il en devenait carrément malade.

Au fil des temps, il sentait que sa peau germait de nouveau, que son pouls se rétablissait et que ses cheveux grisonnants se noircissaient de nouveau. Il sortait dans la journée chassant la lumière comme un prisonnier brulé par les rayons du soleil. Il sortait pour sentir les herbes, les racines et les branches. Quelque chose en lui a grandi comme quelqu'un qui s'était paré d'une lourde décoration sur le front. L'amour de Rahf lui avait fait oublier totalement qu'il venait de s'atteler à préparer l'instant des adieux, à terminer une conversation avec le reste de sa vie, à embrasser les pigeons pour la dernière fois, à faire les adieux à la voix de sa mère dans sa mémoire vacillante et à offrir aux planètes brisées le dernier câlin.

Ce grand amour qui a soudainement secoué son être, l'avait amené à comprendre que la vie ne dit jamais son dernier mot à l'avance et que seul l'amour peut faire revenir la joie et les fêtes à ses vieilles ruines et est le seul capable de faire revivre un ancien homme transformé par les années en un monument.

Rahf le regarda avec des yeux sincères et insista :

« *L'amour n'a pas d'âge* », Elle ajouta : « *Qui sommes-nous pour pouvoir prévoir la date de naissance de l'amour et évaluer l'instant de sa survenance ? L'automne, avant toi, traversait ma chair comme un enterrement et mon cœur était décimé comme un espace rempli de cailloux et de sable. Ne meurs pas avant moi et ne m'enterre pas avec toi* » !

Embrassant les doigts blancs et fins de Si Adel, elle alluma des bougies dans son cœur endolori et sentit qu'il portait tout le bonheur du monde dans ses bras. Rahf ne jouait pas, elle ne mentait pas. Elle avait aimé Si Adel avec une passion qui l'avait amenée à le sauver et à se sauver elle-même des cercueils des victimes.

L'amour avait amené Si Adel à sortir sa luxueuse voiture abandonnée depuis des années et qu'il n'avait pas conduite un seul jour depuis qu'il l'avait achetée, à la remettre en état de marche, à la laver et à prendre le chemin des grands magasins à la recherche de vêtements et de chaussures haut de gamme pour les mettre quand il retrouvait Rahf.

Depuis qu'il s'était désintéressé de la vie, il ne portait qu'une seule chemise, la même paire de chaussures, il fréquentait le même endroit et faisait ses courses à pied. Son visage était toujours concentré sur un seul point de la terre, perdu entre le temps et l'identité.

Si Adel ne croyait pas que la pandémie allait l'empêcher de voir Rahf après qu'il en fût devenu accro et après qu'elle-même fût devenue accro de sa peau et de l'heure de magie dans ses yeux.

Ses fils l'avaient empêché de sortir, craignant qu'il en meure. Ils lui avaient dit :

« Quelle absurdité que tu meures d'un virus ! Tu es un grand homme, et les grands ne doivent pas se laisser mourir d'un virus » !

Si Adel n'avait pas pu leur résister, il s'était mis alors à écrire des poèmes à Rahf dans l'espoir de transformer le tourment de son absence en des étoiles et des arbres. Chaque soir, il se pointait à la fenêtre pour regarder la luxueuse voiture qui était sortie enfin au monde, puis il passait sa main sur les vêtements neufs qu'il s'était achetés en se chuchotant comme un enfant attendant la fête de l'aïd :

« Oh ! Il est encore trop tôt pour mourir. J'attendrai que la pandémie prenne fin et que nous sortions tous des districts de la fumée et j'enlacerai alors ma bien-aimée et je la câlinerai comme on câline l'horizon jusqu'au bout de l'infini ».

Par une soirée noire qui plongeait dans un épais brouillard des lourdes soirées de l'interdiction sanitaire, Si Adel appelait Rahf au téléphone avec une insistance inhabituelle, mais la voix de Rahf ne venait pas à son oreille. Il appelait et rappelait à maintes reprises, mais c'était en vain.

Privé de toute retrouvaille et de tout adieu, son cœur tremblait, le sang se figeait dans ses veines tout comme l'ombre qui se figeait dans les rues. Il avait appelé de nouveau comme quelqu'un qui, pour la dernière fois, se mettait debout devant la porte avant d'être abattu par une balle dans la tête.

Le bulldozer de l'Histoire l'avait écrasé, réduit à néant et avait poursuivi son chemin sans s'en excuser et sans même le regarder, comme si de rien n'était.

Dans sa mémoire, il entendait la voix endolorie de sa mère creuser sous sa peau une rivière de larmes et, en même temps, il entendait le nom de sa jeune bien-aimée mentionné à la radio parmi les noms des victimes du coronavirus pour cette journée.

VII

Si Mohamed

« Les maisons sont comme les gens, elles ont leur âge, leurs fatigues, leurs folies. Ou plutôt non, ce sont les gens qui sont comme des maisons avec leur cave, leur grenier, leurs murs, et, parfois de si claires fenêtres donnant sur de si beaux jardins. »

Christian Bobin

Lorsque Si Mohamed a entrepris de construire la maison après dix ans de planification, de calcul et d'épargne, il a dit à Monia qu'il voulait une maison à un seul étage, car deux étages ne lui seraient d'aucune utilité, surtout qu'il souffrait de douleurs au niveau des genoux et que monter les escaliers constitue pour lui un voyage pénible.

Afin de convaincre Monia de cela, il s'est dirigé vers elle dans un moment de sérénité et l'a informée que le but de la construction de la maison, n'est pas la maison en elle-même, mais la nature qui l'entoure, la campagne, la forêt, la pluie sur les arbres, les abeilles qui survolent les herbes et le pic du blé sur l'entrée des champs...

« *Tu sais, Monia, que la terre est la peau de mes os et que j'aspire à être enterré sous un oranger et, surtout et par-dessus tout, que je ne meurs pas à la maison. Que dois-je faire d'une maison à deux étages ? Mourir entre les arbres c'est mieux que mourir entre des murs qui n'ouvrent sur rien qui peut m'intéresser. Les murs font éclater en moi un désir insatiable de me suicider, Monia!* »

Mais les frères de Monia lui ont dit :

« *Ton mari va nous exposer aux railleries des gens. Qu'est-ce que ceux-ci vont dire à ton propos, Monia ? Après que tu aies passé ta vie dans une vieille maison, il va te construire maintenant une maison sans valeur, sur un seul étage. Est-ce ainsi qu'il te récompenserait pour tous tes sacrifices avec lui ?*

Monia s'est précipitée alors vers sa fille et l'a remontée contre son père :

« *Le blé, la pluie et les arbres sont-ils une raison légitime pour que ton père nous humilie devant les gens. Que diront-ils ceux-ci de nous ? Après cet âge et après le besoin, les privations et la misère, nous construisons une maison à un seul étage. J'ai sacrifié avec ton père des années de ma vie et mon argent pour construire cette maison. C'est le projet de ma vie. J'ai voulu construire une maison digne de ta stature. Moi je ne peux me satisfaire d'un seul étage. Va voir ton père et informe-le de ma décision ».*

Tout au long de sa vie, Si Mohamed a rêvé de construire une maison simple à la campagne qui sera honorable et confortable pour le début de sa vie post retraite. Chaque soir, il s'isolait pour contempler la nuit radieuse. Le rêve rampait dans son corps et son âme et embrassait les chants des bergers derrière la colline. Il s'imaginait alors tantôt assis sur une rive d'un fleuve contempler l'horizon infini, tantôt étendu sous un mûrier contemplant le ciel bleu azur du matin, tantôt se promenant dans les prairies et donnant à manger aux pigeons ou pulvérisant de l'eau sur un nuage errant.

La relation de *Si Mohamed* avec la terre est plus profonde que *Monia* l'imagine. Il ressent l'intimité qui le lie à la terre comme une affaire qui ne concerne que lui, comme si elle est son pain et son corps. Il lui arrive même, quand il se met à errer dans les bois, de s'agenouiller, de caresser la terre avec ses paumes et de lui dire comme si elle pouvait l'entendre :

« Je n'ai pas de mère, si tu savais, enfante-moi donc ici ! ».

Si Mohamed a fini, la mort dans l'âme, par se conformer à la volonté de Monia et a construit une maison à deux étages comme elle le voulait.

« Voici Monia, je t'ai agrandi l'espace comme tu voulais, afin que les gens ne se moquent pas de toi. Tu as les murs, les balcons et les fenêtres et moi je vivrai dans le jardin. J'attendrai le printemps éphémère et j'entendrai les trempettes de nos anciens frères quand ils s'approcheront de la colline sur le dos de leurs chevaux ».

Dès les premiers jours, *Monia* s'est sentie seule, triste et effrayée. La maison était spacieuse, grande et fraiche. Sa fille a quitté le pays pour poursuivre ses études en France, alors *Monia* tomba carrément malade, en proie à une crise psychologique aiguë. Elle voyait des ombrages et des fantômes partout dans la maison. Elle sortait le soir dans le jardin en pyjama et râlait contre *Si Mohamed* :

« Tu veux me rendre folle ! Tu m'as emmenée dans cette maison pour que je devienne folle ! Ni prisonnière, ni libre, loin des gens, loin de ma fille, loin de mon monde. Je vis au milieu de tous ces murs froids, j'attends la date de mon décès. Mon geôlier ne m'écoute pas. Il ne s'inquiète ni de mes ennuis ni du sang jaillissant de mes mains avec lesquelles je frappais avec obsession les murs cellulaires. Tu m'as privée de vivre parmi les gens, Mohamed et tu m'as plongée dans l'ombre des ténèbres. Comment vais-je vivre maintenant ? Comment vais-je délivrer mon cœur de ce lourd porte-clés qui m'accable » ?

L'état dramatique de *Monia* a duré une année entière. Elle n'était, pendant tout ce temps, ni totalement vivante, ni totalement morte. Elle s'asseyait toute la journée seule au balcon avec une tasse de café à la main. Elle ne voyait ni la lumière vive de la rue avoisinante, ni le tapis de verdure parsemé de coquelicots, de bleuets de chrysanthèmes et de marguerites, qui s'étendait jusqu'à perte de vue. Elle passait la journée à se parler à elle-même et à mesurer la distance qui la séparait de sa fille, des gens et de la liberté. Elle continue à vivre avec un aigre sentiment de remords et avec l'idée que la mort serait peut-être belle et confortable.

Parfois, elle se libérait un peu d'elle-même, mais très vite, elle se remettait à sentir que son corps est lié par des cordes et des appareils dans un espace gris et triste.

Désespéré, Si Mohamed finit par lui demander :

« *Ecoute Monia, qu'est-ce que tu veux au juste ?*

-Je ne peux plus vivre ici. Je veux voyager pour aller chez ma fille.

-Vas-y, voyage ».

Seul dans cet espace infini, Si Mohamed vivait dans le jardin avec Hussein. Il n'utilisait que le rez-de-chaussée. Il cuisinait pour lui-même et pour Hussein, dormait devant la télé dans une chambre très peu meublée, il se nourrissait des légumes du jardin, tendait sa bouche vers les arbres pour cueillir directement avec ses dents les fruits dont il avait envie. Il ne se sentait pas étranger et rien ne lui faisait oublier les papillons de son rêve. Hussein l'accompagnait comme son ombre. Le soir il s'asseyait à côté de lui et mettait sa lourde tête sur ses genoux pour écouter ensemble, dans ce calme éternel, les voix d'étranges créatures déambulant entre les nuages.

Si Mohamed » murmura à l'oreille d'Hussein :

« *Il vaut mieux pour l'un d'entre nous être léger comme une plume dans le vent, ô Hussein, n'être lié à personne, ne pas porter le poids des murs et des meubles. Que signifient ces absurdités ? Les maisons luxueuses ont-elles une relation quelconque avec la paix et la guerre ? Les maisons nous transforment-elles en légendes et mythes ? Incitent-t-elles les autres à respecter leurs promesses ? Même les gens, ô Hussein, nous ne devons pas nous lier avec eux. Être lié aux gens fera de toi quelqu'un* qui se jette dans un fleuve pour se suicider. Prend Monia comme exemple, Hussein. Elle ne se souvient plus que nous avions marché ensemble dans les ruelles de l'Espagne. Elle ne se souvient plus de nos journées dans le lointain Paris. Elle est devenue étrangère à moi, à mon nom et à mon temps. Elle m'a seulement interrogé sur le désert comment il se rétrécissait et comment il s'élargissait. Ce qui nous lie à nos noms, Hussein, c'est l'eau, la terre et le feu. Retiens bien cette leçon ! »

Si Mohamed a vécu avec Hussein une année entière. Ses cheveux et sa barbe ont poussé et sont devenus très longs. Son jardin s'est entouré d'arbres, de plantes et d'herbes de toutes sortes. D'étranges animaux s'y sont apparus, et les graviers autour du jardin ont acquis une langue et un écho.

Un jour fortement ensoleillé, Si Mohamed a entendu, parmi les arbres, une voix timide l'appeler. C'est Ahlem, sa voisine lointaine qui lui apporta de la nourriture.

« J'ai préparé du pain ce matin et je me suis dit : cet homme qui habite seul avec son fils a peut-être dû manquer du pain fait maison et je vous en ai apporté. Je voudrais aussi vous acheter des œufs de perdrix, si vous en avez ».

Si Mohamed » sourit et s'exclama :

« Mon fils ! Je n'ai pas de fils. Je n'ai qu'une fille qui étudie en France.

-Mais je t'entends souvent derrière la colline appeler Hussein !

-Ah, Hussein ! ».

Si Mohamed rit, un rire vidé du temps et de passion ! Et lui dit :

« En fait, Hussein est mon chien, un berger allemand de pure race. Il est mon ami intime et mon compagnon de toujours ».

Ahlem se mit à glousser.

Si Mohamed, qui s'est éloigné depuis quelques temps des gens et du temps, a senti comme si son âme s'était libérée de la captivité de la forme et du lieu et s'était évadée pour aller vers l'instable !

« Ainsi nous sommes ! Nous avons besoin de mythes et de légendes pour pouvoir porter le poids de la distance entre deux époques, murmura Si Mohamed. Et c'est à lui de conclure :

-*Revenez demain,* Madame. *Je vous préparerai les œufs ».*

Ahlem est revenue le lendemain, elle a déjeuné avec Si Mohamed et s'est promenée avec lui dans le jardin. Elle a fait connaissance d'Hussein et chacun a parlé de sa vie, parfois avec des gestes et parfois avec des mots saupoudrés dans les vols de papillons entre les sources et le soleil.

Au fil des jours, Si Mohamed s'est épris d'elle. Il a aimé son sourire, son pain et la nourriture qu'elle apportait à Hussein.

Ahlem lui demanda un jour :

« *Tu n'as pas peur de vivre ici, loin des gens et des villes ?*

- *C'est une vie d'un autre genre »*, lui répond-t-elle.

Et, à Si Mohamed de poursuivre :

« *C'est une vie saine. La ville est une cave qui ressemble à un puits déserté. Dans la ville, tu cries, mais tu ne peux pas t'entendre crier, tu t'étouffes et tu sens comme si ton appareil respiratoire et ton imagination étaient liés à un rocher.*

-*Oui*, approuva Ahlem, *c'est ce que je m'étais dit aussi au début de mon mariage avec Mustapha. J'ai vécu dans cette maison rurale comme un voyageur dans une salle d'attente. J'avais peur, je ne m'intéressais guère à la vue des champs. Je me sentais perdue dans la nature, sans carte et sans identité. L'horreur me hantait, mais j'ai donné naissance à mon bébé, Malik qui m'a appris à aimer la vie et les lieux, comme si je m'étais libéré des rochers et avais sauté dans la mer. J'ai commencé à contempler le contenu de la nature, comme si je visitais, pour la première fois, un précieux musée. J'ai commencé également à profiter de la vue du soleil alors qu'il plongeait dans la mer. J'ai construit un bassin et planté du basilic et de la menthe et j'ai pris l'habitude d'attendre la nuit pour sentir le musc et le jasmin et ma mémoire, ralentissant son activité, a commencé à perdre progressivement l'habitude des anciens lieux. La nature nous libère* de nos préoccupations et développe dans nos cœurs une étrange confiance dans le fleuve, la montagne et les pentes ».

Il y eut un moment de silence pendant lequel Si Mohamed se noya complètement dans le langage d'Ahlem. Il contempla profondément son visage, comme quelqu'un qui subissait une intervention chirurgicale pour amputer le passé du présent, puis lui demanda :

« Tu es marié ?

-J'étais, mais j'ai divorcé et j'ai gardé la maison parce que j'ai la garde de mon enfant, Malik. Mustapha était très violent avec moi. Il me giflait quand il est ivre et cassait sauvagement devant son fils les ustensiles de la cuisine, puis s'agenouillait et s'excusait. Il laissait alors mon cœur ni fragmenté ni ressoudé. Il n'a laissé rien qu'il n'a pas utilisé pour essayer de me violenter. Il a tout mis en œuvre lors de ses sauvages assauts : les assiettes, les fourchettes, les cuillères, les couteaux, les bouteilles d'eau, et même les pieds de table. Visiblement, il n'a jamais su qu'il y a une force, qu'est le langage, qui dépasse tout cela ».

Si Mohamed a aimé Ahlem. Il n'avait aucun autre choix. Elle lui apparaissait comme une rose endeuillée ou comme une feuille de myrtille emportée par les tempêtes et ramenées vivantes par la pluie. Si Mohamed connaît les démons mâles qui se camouflaient dans les vêtements des hommes. Et c'était là, la principale raison de son évasion vers la nature, dépouillé du lourd fardeau des autres.

Il a ressenti une forte affection qui le rapprochait d'Ahlem et qui a ramené son cœur à la vie comme reviennent les fêtes de leurs ruines antiques.

Il s'était alors assis, comme d'habitude avec Hussein devant la porte, contemplant l'obscurité de la longue nuit, chuchotant aux oreilles de ce dernier et jouant avec de la terre comme quelqu'un qui jouait avec un lys blanc :

« Souviens-tu, Hussein, quand je t'ai dit que ce qui te relie au monde c'est l'eau, la terre et le feu et qu'il n'y a aucun avantage à tirer des gens et que se lier avec une personne, c'est comme un suicide ! Oublie tout ce discours ! Il est absurde... L'amour,

Hussein est la seule vérité qui compte dans ce triste monde. Lorsque tu dis adieu à quelqu'un que tu aimes, tu dis adieu à la maison, aux voisins, à la musique, à la poésie, à la nature, aux fenêtres et tu dis adieu aussi à la liberté. L'amour est la seule chose qui nous ramène de notre extérieur vers notre intérieur sur les ailes d'un évènement réel et totalement libre ! Sans amour, même le vaste univers se transforme en une prison. Retiens bien cette leçon Hussein ! ».

Alors qu'elle faisait le grand ménage dans sa maison, Si Mohamed a voulu la récompenser pour ses précieux services, il lui a préparé un joli bouquet de jasmin et lui a dit en souriant :

« *Je l'ai planté et en avais pris soin pour toi, Ahlem. Cela sent bon comme toi* ».

Ahlem sourit et son sourire a été ressenti par Si Mohamed comme un rapide voyage d'espoir. Il l'accompagna de ses yeux alors qu'elle sortait contente avec le bouquet et s'assit dans un coin du jardin en pensant à la façon dont il finirait sa vie avec Monia qui est devenue un fantôme gênant dans son imagination.

Il a passé une heure entière plongé dans la réflexion quand Hussein est venu courant et haletant, portant dans son museau le bouquet de jasmin tâché de sang et l'a jeté devant Si Mohamed qui s'est levé stupéfait.

Il s'apprêtait à ramasser le bouquet quand un des bergers poussa la porte, criant :

« *Si mohamed, Si mohamed, l'ex-mari d'Ahlem est retourné à la maison, il s'est querellé avec elle parce qu'elle était venue chez toi et l'a frappée violemment avec un vase ! Elle a été transportée à l'hôpital, mais elle ne survivra pas* ».

Comme quelqu'un qui a été poignardé au niveau du cœur, Si Mohamed a serré les côtes de sa poitrine avec ses deux mains. Il était sur le point de s'écrouler quand la porte d'entrée principale s'est ouverte. Monia est entrée, trébuchant dans ses vêtements, a jeté ses sacs devant la porte et s'est précipitée vers Si Mohamed, l'enlaça et l'embrassa en pleurant :

« *Pardonne-moi, Mohamed, je vivrai avec toi où tu veux, je t'aime et j'aime notre maison* ».

Si Mohamed la regarda froidement, les larmes aux yeux. Son cœur tomba dans ses mains comme un miroir brisé.

« Félicitations Monia! La maison, et tout ce qu'il y'a dedans, sont à toi, mais son propriétaire est mort ».

VIII

Son ventre, son grand amour

« L'amour est pour celui qui a mangé et non pour celui qui a faim »

Euripide

Le gardien de l'immeuble, El Mana'ï, connaît-il le Saint-Valentin ? Ce jour où l'on voit l'hypocrisie se développer et le nombre d'hypocrites se proliférer, alors que l'on est supposé, en ce jour, fêter la sincérité de l'amour et conférer aux amoureux leurs lettres de noblesse.

El Mana'ï ne connaît même pas ce que signifie l'amour. Il a peut-être aimé une seule fois dans sa vie et a ensuite coupé les veines de l'amour à cause de Jneina, sa voisine dans le bled. Celle-ci a épousé Hamadi, le forgeron du quartier, lequel a immigré clandestinement en Italie.

Il a aimé, bien sûr, sa mère, parce que la loi de la nature fait que l'odeur primitive du sein maternel nous accompagne jusqu'à la tombe et fait de la mère un arbre qui grandit éternellement jusqu'à la fin des mondes.

Non, El Mana'ï ne connaît vraiment pas l'amour. Il n'a jamais quitté la porte de l'immeuble. En toute saison, il ne s'est jamais éloigné de cette porte. Qu'il pleuve, qu'il vente, il est toujours là, au même endroit.

Après avoir écouté étourdiment le roucoulement des pigeons, il n'a qu'une seule priorité ; celle de savoir comment obtenir un repas pour réchauffer la nuit cruelle de son ventre. Il se précipite pour ouvrir la portière de la voiture d'une dame et jette un coup d'œil sur les sacs éparpillés sur la banquette arrière :

« *Ô mon Dieu, ce sont des aliments pour les chats encore une fois !* » Murmura-t-il.

L'homme devient obsédé par les diverses probabilités. Il attend le monsieur, mais celui-ci ne pointe pas et ne lui donne pas de quoi se nourrir, car il s'est rendu, avec son insignifiante amie, « aux quatre saisons » pour célébrer le Saint-Valentin, la fête de l'amour.

El Mana'ï creusait le vent avec ses ongles et mourrait de faim quand, soudain il a entendu la voix d'une vieille dame, venant de la fenêtre du 5° étage, l'appelant :

« *El Mana'ï, monte récupérer le sac ! Les restes du dîner du Saint-Valentin* ».

El Mana'ï n'a entendu qu'un mot de la phrase de la vieille. Pour lui, son humanité s'est réalisée par le simple jet, dans sa bouche édentée, d'une grosse bouchée qu'il l'a fait passer directement et sans mâcher, à son estomac vide. El Mana'ï a mangé comme un chien dans sa loge pourrie et a poussé un cri de plaisir. C'était, pour lui, tout l'amour !

IX

Sid Ali, l'efféminé

« On rencontre des pauvres qui ont l'air si heureux qu'on serait plutôt tenté de faire l'aumône à certains riches »

Adolphe d'Houdetot

Les tristes voix dans le vieux quartier affluent vers ma tête avec obsession et me suivent avec insistance comme le ton de « nahawand » suit la triste corde d'un violon ([3]).

Notre voisin de droite, « Ali » est un homme très riche. Il est de petite taille avec un visage blanc prématurément flasque à cause des crèmes que sa femme, Manéna lui achetait régulièrement dans les magasins de cosmétique les plus prestigieux.

([3]) Nahawand ou Nahaouand est un type de mélodie arabe (du nom d'une ville perse) consistant en un tétracorde commençant avec « do » et qui correspond au premier tétracorde du « do mineur » en musique occidentale. Il se dégage de ce genre musical une impression de tristesse, voire de mélancolie ou même de tragédie.

Sid Ali, comme sa femme Manéna, aime bien l'appeler, loue le rez-de-chaussée de sa maison à un certain Gaddour, un pauvre jeune homme venant du nord-ouest du pays. Celui-ci a aimé Warda, une jeune fille aussi pauvre et de la même région que lui. Il a abandonné alors sa mère et ses frères dans le bled et a déménagé avec elle pour habiter dans notre quartier et pour travailler dans n'importe domaine qui s'offre à lui, car il n'a aucune qualification professionnelle précise à faire valoir.

Gaddour était de taille élancée, svelte, mais de forte constitution physique. Ses yeux étaient grands et bleus et son teint était naturellement bronzé. Quoique que les lieux, par lui loués, sont équipés de toilettes, il chiait, comme un chien errant dans le petit jardin d'environ un mètre carré de superficie.

D'où j'étais, je pouvais entendre Sid Ali l'appeler d'en haut avec une voix efféminée, mais aiguë ressemblant à la voix d'une vieille prostituée en post-retraite :

« Gaddouuuur, ne t'ai-je pas prévenu de ne pas déféquer dans le jardin ? Je jetterai tes affaires

aux chiens si tu recommençais ce que tu venais de faire ! ».

Gaddour ne répondit pas et continua à profiter de son instant sous le seul figuier marginalisé tout en caressant son chat dans le sens des poils et en imitant pour l'animal la voix de l'homme d'en haut.

A la nuit tombante, il entra dans la cuisine et utilisa les ustensiles de préparation de café sans allumer la lumière. Warda se mit alors à crier :

« *Tu vas trébucher dans l'obscurité et tomber ! Gaddour , allume donc la lumière, tant qu'il y'a de l'électricité dans la cuisine* » !

Et à Gaddour de répondre en rigolant :

« *Nous n'avions pas d'électricité quand nous étions au bled. Laisse-moi, Warda, agir à ma guise, selon ma véritable nature* ».

Warda continua ses remontrances, quand Gaddour l'avait fait taire en se jetant sur elle, l'enlaçant et l'embrassant fiévreusement.

Du même endroit où j'étais, j'entendis alors un bruit intense dans la cuisine suivie de vacarme de verres et d'assiettes brisés, le tout ponctué des éclats de rire, de cris et gémissements de Warda en rapport avec son intimité débordante exercée bruyamment avec Gaddour.

Le couple Gaddour et Warda ne possédaient rien de substantiel dans les lieux par eux loués. Ils n'avaient même pas de murs pour protéger leur intimité bruyante. L'exercice de leur relation amoureuse bouillonnante et exagérément active parlait un langage qui va au-delà du langage décent habituel. Leur soi-disant domicile conjugal n'était en fait qu'un terrain quasiment vague, où se dressaient de rares murs de séparation. Les entrées et sorties des espaces ainsi séparés ne sont dotées d'aucune porte qui ferme. Le tout n'est couvert que par un immense ciel ouvert protégeant la paix et la liberté des oiseaux.

Ménana a continué à acheter toutes sortes de crèmes rajeunissantes pour Sid Ali, dans l'espoir qu'il coucherait avec elle, comme Gaddour le faisait fréquemment et continuait de le faire avec la bruyante Warda.

Elle cachait un tel souhait dans les ténèbres de son cœur devenu, en raison du total désintérêt charnel que Sid Ali manifestait à son égard, aussi sombre qu'une ville ravagée par plusieurs années de guerre d'une rare intensité. Elle ne pouvait en faire part ouvertement à son mari, car les gens riches ne pouvaient imiter les pauvres, même pour concrétiser leur amour, épancher leur soif de tendresse et donner satisfaction à leurs instincts les plus naturels.

Elle a essayé, un jour, de jouer le rôle de Warda. Elle a alors enlacé Sid Ali et a chuchoté avec dorlotement à son oreille :

« C'est moi-même qui vais te faire le café aujourd'hui. Précède-moi au balcon, je te rejoindrai, chéri, pour le boire ensemble en amoureux ».

Sid Ali, l'a alors fixée d'un long regard, dans lequel la surprise s'est mêlée à la désapprobation et l'indélicatesse et a fini par lui dire :

« *C'est quoi ces propos dénués de sens ? Depuis quand te mêles-tu de ces corvées-là ? La préparation du café et du thé c'est le boulot des servantes,* sinon à quoi serviraient-elles ? *Va chercher un feuilleton ou une série dans l'une des chaines de télévision pour occuper ton temps. Moi j'ai beaucoup de travail, je n'ai pas le temps pour prendre le café avec toi, ni aujourd'hui ni à n'importe quel autre jour. Je vais maintenant partir, si tu as besoin d'argent, tu sais où le trouver : dans le tiroir habituel* » !

Il s'apprêtait à sortir quand il se retourna vers Ménana et lui dit :

« *Demande à ces impudiques, Gaddour et Warda de ne plus ébruiter leurs ébats et d'arrêter leur cirque de bas étage !* »

Ménana se retira dans sa chambre et se mit à pleurer amèrement. Cet instant d'isolement et de solitude, elle le vécut lentement, sans se hâter comme si elle trouvait du plaisir dans la douleur. Elle demanda à ses yeux de verser sa suffisante part de larmes, comme un fleuve aurait demandé à obtenir sa part de jets de pluie.

X
FATMA

« Chaque femme contient un secret : un accent, un geste, un silence ».

Antoine de Saint Exupéry

Je connais Fatma plus que son père Hajj Amor ne la connaît lui-même. Hajj Amor fait semblant d'être pieux. Il oblige Aichoucha, sa femme, à cuisiner quotidiennement avec de l'ail, afin de pouvoir lui soutirer quelques gousses et se les frotter sur le front pour apparaître au monde comme un bon musulman, adorateur de Dieu et qui ne rate aucune des cinq prières quotidiennes ordonnées par Allah et qui en fait même plusieurs autres à titre facultatif. Et quand il a vendu sa fille « Fatma » au plus bas prix, à Jilani, il n'a pensé qu'à sa place vide dans la marmite de la cuisine et au coût de ses rations alimentaires quotidiennes dont il va faire l'économie à l'avenir.

Fatma est connue par les filles de l'usine, car elle perd souvent conscience en plein travail. Elle tombe souvent enceinte des œuvres de Jilani qui la fécondait comme un mulet. Ses grossesses sont fréquentes et anarchiques. Elle a fui Jilani comme les nuages de Sodome fuyaient Babylone. Mais elle a fini par penser que la liberté repose sur les genoux de Jilani comme un chat domestique.

Chaque jour, elle presse ses seins pour les bébés et gémit. Parfois elle sentait venir un orgasme qu'elle n'avait jamais senti venir des œuvres, pourtant fréquentes, de Jilani, le mulet. Une sensation étrange l'amène à s'imaginer en train de se vautrer dans une forêt d'herbage aquatique et de ciel. Mais la conscience du péché l'amena à chaque fois à prier le bon Dieu pour qu'il lui pardonne, à se cacher dans sa peau et à prendre le chemin de l'usine, vidée de tout. Elle ne mange rien toute la journée.

Elle regarde son ombre alors qu'elle trébuchait dans son habit usé en revenant le soir à la maison à la hâte. Son corps lui paraît maigre comme celui d'une brebis errante.

Arrivée à la maison, elle se jette sur un canapé comme un oiseau privé de ses ailes et essaye de reprendre son souffle. Jilani, le mulet la demande pour coucher avec elle. Elle le pria de patienter le temps nécessaire pour qu'elle récupère et arrive à reprendre son souffle. Il entra alors dans une colère hystérique, hurlant comme un fou déchaîné et débitant à son encontre les plus abjectes des propos.

« Moi, je n'ose même pas te regarder ! Regarde-toi dans le miroir, tes seins maigres et flasques, ressemblent à ceux d'une chienne souffrante de la lèpre ».

Fatma ne réagit pas. Elle ne pleure pas. Elle n'a pas d'image dans le miroir. Elle pense plus à se sauver de Jilani. Mais la poussière peut-elle se sauver de la rivière déferlante ?

Les filles de l'usine savent combien Fatma perd conscience et ayant pitié d'elle, elles compatissent sincèrement avec elle. Mais personne ne sait que l'instant de la perte de conscience est le plus heureux instant dans la vie de Fatma et que cette perte de conscience constitue pour elle un exil doré serti de diamant, de topaze et de quartz.

Le corps de Fatma est maintenant étendu sur le parterre de l'usine comme une rose fanée sur un vieux mur, et son âme s'élève vers un ciel suffisamment large pour abriter tous les rêves tués par l'hypocrite Hajj Amor et après lui, par Jilani, le mulet.

XI
Halima

« Survivre est une violence »

Michel Onfray

Halima ne peut pas maintenant remettre sa fille Rima dans son ventre comme si elle n'était jamais tombée enceinte d'elle, qu'elle n'avait jamais ouvert ses jambes à la légère à Kodja, le clochard du quartier. Rima est aujourd'hui là. Elle est une réalité vivante et palpable et elle est collée à celle d'Halima pour toujours.

Quand elle a épousé Kodja, Halima pensait que celui-ci brandissait son couteau à cran d'arrêt à la face des passants parce qu'il l'aimait trop, et qu'il était consumé par les sentiments de jalousie quand ses victimes osaient la mater en sa présence.

Après le mariage, elle s'est rendue compte, à ses dépens, que Kodja était en fait, un délinquant tout court, sans plus et que toutes les querelles qu'il provoquait avec les autres clochards du quartier, sous prétexte qu'il était jaloux, n'étaient en fait que d'occasions qu'il exploitait pour lui faire croire à une virilité débordante dont elle n'avait pas vu une miette dans ses relations intimes avec lui.

Kodja l'avait déracinée de son monde, il l'a extirpée de sa famille, de ses proches, de sa ville, et de tout son environnement. Il l'a déraciné de sa terre et de sa tribu et ne lui avait pas accordé le temps nécessaire pour qu'elle puisse faire, dans sa ville natale, ses adieux à l'arbre et aux brises d'été qui ne soufflaient plus sur son cœur et ne le caressaient plus. Il l'avait déraciné de son monde pour l'emmener vivre dans une sordide maison étroite, sans âme, et dans un quartier surpeuplé et mal fréquenté. Il l'avait laissée dans ces lieux pour faire n'importe quoi comme un fantôme qui vacille entre l'ombre et la lumière.

Halima s'est à présent sentie trahie. Ses rêves se sont effondrés, fracturés, déchiquetés, broyés et ont fini par échapper aux fins pores des parois de l'espoir et par les traverser pour aller se dissoudre dans le néant comme des grains de sable, ressemblant à des lettres ensanglantées empruntées à une langue non encore écrite.

Dans sa nouvelle vie, Halima s'est trouvée obligée de travailler, comme femme de ménage, chez une femme médecin, souvent absente de sa maison. Chaque jour, Halima se réveille à l'aube pour prendre le bus et rejoindre, à 7 h. 30 du matin, le lieu de son nouveau travail. Elle donnait à manger aux chiens et chats de sa patronne, nettoyait, lavait la voiture, rangeait la maison et préparait le diner à sa patronne tout en surveillant Rima qui l'accompagnait comme la tristesse accompagne l'automne de Paris.

Le soir, elle rentre chez elle complètement épuisée. Elle cuisine n'importe quoi pour faire taire le ventre de Kodja qui, sans la regarder, mangeait comme un mulet. Il mastiquait bruyamment, et rotait et puis tout d'un coup, sa mâchoire inférieure s'arrêta net, Il s'était mis debout et, furieux qu'il était, lança un coup de pied vers Halima tout en hurlant :

« *Des grains de sable dans le manger, espèce d'ânesse ! Tu me mets du sable, fille du chien ! Et puis, le poulet, où as-tu mis le poulet ?*

–*Nous n'avons rien, répondit Halima, toute humiliée, je n'ai pas acheté de poulet. Ta fille pleurait tout le long du chemin, j'avais alors renoncé à aller chez le marchand de poulets.*

–*Fais dormir la fille et précède-moi à la chambre à coucher. Tu verras, je vais me venger sur ta chair ! Je vais te déchiqueter ce soir, espèce de pute !* », lui dit-il.

Halima ne pouvait remettre Rima de nouveau dans son ventre. Elle ne pouvait ouvrir la porte de la mer et s'éclipser du monde. Elle ne pouvait se jeter loin de Kodja, car Rima est maintenant collée à elle comme une plaie. Rien ne se passe dans la vie d'Halima, en dehors de l'amertume qui marie son échec à de nouvelles pertes.

Elle a pu économiser une modique somme d'argent et a pu s'acheter un petit ordinateur d'occasion à un prix dérisoire. Grâce à l'assistance et l'encouragement de sa patronne, elle a pu apprendre à l'utiliser.

Dans la nuit profonde, Halima a pris, maintenant, l'habitude d'attendre les messages d'un homme, le seul qui communique tendrement avec elle à travers une voix fantomatique et qui réveille chez elle un membre amputé. Un homme si doux qu'il l'a fait fondre d'un coup et a ramené son cœur déserté à la pluie. Cela fait un temps que Halima s'était habituée à la cruauté, à tel point qu'elle avait cru qu'elle était effectivement bête et qu'elle ne pouvait mériter l'affection ou attirer vers elle les sentiments de sympathie.

Dans la nuit profonde, Halima se couvre par les messages du seul homme qui a porté sa flûte et a traité ce qui se cachait dans son épave. Elle s'enveloppe par ses messages, allume les bougies, s'insère dans sa peau et pleure amèrement avec tous ses sens.

Le jour où Kodja a forcé la porte de sa chambre et a vu les messages, il a versé les restes de sa bouteille de vin sur sa tête et lui a jeté le mégot de sa cigarette sur le visage.

XII

Jomâa, « le saint » !

« Je ne suis pas vraiment libre si je prive quelqu'un d'autre de sa liberté. L'opprimé et l'oppresseur sont tous deux dépossédés de leur humanité ».

Nelson Mandela

Il y a des années, Jomâa n'arrêtait pas de boire. Il abusait de l'alcool, sortait dans le quartier populaire où il habitait dans un état lamentable. Il attendait le passage de sa voisine Sabiha devant l'épicerie d'Am Salah, se balançant les fesses et mâchant de la gomme à la manière d'une pute immergée dans les plus répugnantes des impuretés. Il jeta un coup d'œil sur ses seins aussi généreux que ses fesses, et chuchota d'une voix que seule Sabiha pouvait entendre :

« Quelle virilité, ô Sabiha, serait plus éloquente que de t'amener à mon grand lit ? »

Et quand celle-ci faisait semblant de l'ignorer en raison de son ébriété avancée, il bougonna :

« *En quoi le proxénète, Seksek et le voleur, Weld El Hadj seraient-ils meilleurs que moi ?* »

Il regarda ensuite Am Salah avec des yeux somnolents entourés de bleu foncé, plus près du noir, et lui ordonne d'une voix rauque similaire au sifflement d'un serpent :

« *Donne-moi deux cigarettes, Am Salah. Zohra passera par ton épicerie quand elle sera de retour de son travail et te payera* ».

Am Salah le regarda avec dégoût et lui dit :

« *Quitte le seuil de l'épicerie, Jomâa et rentre vite chez toi. Tu es complètement ivre. Les clients vont fuir mon épicerie à cause de ton état !*

- *Ivre ! Honte à toi ô Salah ! Regarde-moi bien, je ne suis nullement ivre. Juste, je vole haut comme si je nageais léger et transparent, ressemblant à un esprit libéré du passé et soulagé de l'avenir. Sais-tu voler comme moi ? Toi tu ne peux pas le faire, car tu n'as jamais quitté ta misérable boutique depuis que mes neveux, les voleurs, avaient à peine six ans, et venaient dans ta boutique te voler des bonbons alors que tu priais ».*

Jomâa, complètement ivre, fournissait beaucoup d'efforts pour se maintenir debout et pour pouvoir exposer à la vue d'Am Salah sa grande taille et son corps brun parsemé de profondes cicatrices creusées notamment sur la poitrine et l'avant-bras gauche. Il voulait, par les efforts qu'il fournissait avec beaucoup de peine, montrer à Am Salah d'abord qu'il se portait bien et que ses mouvements étaient toujours sous contrôle, et ensuite, l'impressionner pour l'amener à arrêter de le blâmer et de fustiger son état.

Mais Jomâa n'a pas pu continuer sa démonstration de force jusqu'au bout, car il n'a pas pu maintenir son équilibre pour longtemps et n'a pas tardé à s'effondrer comme une tente sur du gravier.

Am Salah, se précipita alors vers lui, saisit sa main pour l'aider à se relever et s'adressa à lui, en usant d'une voix douce et paternelle, en ces termes :

« *Ô Jomâa* » mon fils ! Pourquoi tu fais tout cela à toi-même ? Moi, je ne veux pas te vexer, je ne te souhaite que du bien. Je ne vais pas te parler de ce qui est religieusement correcte ou incorrecte, ni de ce qui est permis ou interdit, car je ne maîtrise pas le rôle du prédicateur ou de missionnaire et je n'en ai pas l'ambition. Je ne veux pas non plus porter le « djebba » du Cheikh expliquant la religion ou d'un imam faisant le prêche de vendredi. Jomâa, bois l'alcool comme tu souhaites. Tu es, après tout, libre de toi-même et de ton corps. Mais évite surtout, mon fils, de boire d'une manière excessive et jusqu'à perdre conscience et t'absenter complètement de la vie, et de sortir, ensuite, dans le quartier comme un chien fou ! Pourquoi boire jusqu'à perdre le contrôle de tout ? Quel plaisir pourrais-tu avoir à te voir toi-même rentrer la nuit du bar chancelant, cherchant à t'appuyer de temps en temps sur l'un des murs pour vomir et t'exposant ainsi à la vue et aux railleries de tes voisins et de tout le monde ? »

« *Occupe-toi de tes affaires, Am Salah*. Ma relation avec l'alcool ne te regarde pas, hurla Jomâa à la face d'Am Salah ».

-Mais Am Salah insista :

« *Jomâa mon fils, écoute-moi, je suis dans la position de ton père. Vous et moi ne différons pas tellement. Nous sommes tous deux venus au monde dans un évènement de sauvetage du néant, mais en réalité nous allons réintégrer le néant avec le même cri que le premier. Et la porte d'entrée ne diffère pas de la porte de sortie. Ce qui fait la différence entre les deux, c'est seulement le couloir qui les sépare et que nous appelons la vie, la nôtre. Il y a des gens dont le couloir est étroit et humble, mais ils le garnissent de roses, d'amour, de travail, de rêves, d'activités sportives et de liberté. Et il y a ceux qui, malgré la largeur de leur couloir et son extensivité, en font un tunnel sombre, étroit et mouillé dans le brouillard, l'odeur des vomissements et des urines du matin. Pense un peu à ta femme, Jomâa. Que t'a-t-elle fait Zohra pour que tu la traines dans la boue, lui réserves une vie désastreuse et misérable et pour que tu la laisses vivre avec toi humiliée et honteuse de toi. Tout le monde sait qu'elle est issue d'une grande famille. Son grand-père est même enterré à la plus grande mosquée de la ville. Eh oui Jomâa, ce que j'entends parler de ce grand homme, tu ne le connais pas toi. C'était un noble chevalier de la plus grande envergure et n'avait jamais eu peur de chuter. C'était un homme de grands principes qui bénéficiait d'une grande autorité morale. Comment, Jomâa, peux-tu te plonger dans un paisible sommeil, alors qu'une femme, issue d'une telle famille, travaille toute la journée et en souffre physiquement pour payer le prix de tes cigarettes et de ton alcool. Sais-tu au moins ce que les habitants du quartier pensent et disent de toi ?* »

Voulant être discret, Am Salah plaça alors sa main droite sur l'épaule de *Jomâa* et lui chuchota à l'oreille des propos que seul *Jomâa* a entendus, mais qui les ont mis dans un état second et les a amené à se jeter sur Am Salah comme un léopard affamé, le giflant violemment, lui attachant les mains par derrière et le poussant avec toutes les forces qu'il a pu retrouver, en dépit de son ivresse avancée, contre le mur et lui administrant de violents coups de poing en plein dans la figure.

Am Salah était dans un piteux état. Il saignait du nez. Ses lunettes s'étaient envolées en morceaux et ses yeux étaient enflés comme deux ballons de tennis. Son visage tuméfié, était devenu tout bleu. Ses appels au secours, à peine audibles, finissaient par s'évanouir dans les vociférations, les hurlements et les menaces verbales de *Jomâa*. Celui-ci criait à l'adresse d'Am Salah :

« *Je vais te tuer, espèce de pourriture, et t'enterrer dans ta boutique de merde !* ».

Ameutés par les rugissements de *Jomâa* et les appels au secours à peine audibles d'Am Salah, les habitants du quartier se sont rassemblés par plusieurs dizaines autour de l'assaillant, devenu un fauve déchaîné, pour essayer de sauver Am Salah de l'horrible oppression dont il faisait cruellement l'objet.

Et alors que la victime était encore entre les mains de Jomâa comme un lapin blessé mais encore vivant entre les mains d'un chasseur sans scrupule, l'assaillant continuait à vociférer :

« *Ecoutez bien, toute l'assistance ! Salah, le fils de la prostituée est devenu homme maintenant et il se permet de m'enseigner la sagesse ! Salah, le prodigue, que les enfants lui volaient sa marchandise dans l'étalage de sa boutique, se prend maintenant pour un prédicateur et se permet de me donner des leçons de bonne conduite !*

Excédé par les horreurs que Jomâa débitait ostensiblement à l'égard de l'épicier, Mohsen, le marchand de légumes du quartier intervint alors violemment contre Jomâa, lui lançant des coups de pied au cul et l'étranglant en le menaçant :

« *C'est moi qui vais te tuer maintenant, espèce de criminel. Je vais t'apprendre à respecter les gens et à ne plus jamais mettre la main sur Am Salah, espèce de racaille. Am Salah, était accoutumé à voir les enfants prendre des bonbons de sa boutique et de les laisser faire volontairement et de son bon grès, espèce de soulard!* »

Jomâa fut expulsé du quartier par ses habitants. Il galéra et erra comme une brebis galeuse pendant des semaines et quand il a demandé le pardon, Am Salah, qui venait de quitter l'hôpital, avec ses pansements et ses points de suture, accepta ses excuses et lui pardonna, malgré l'avis contraire de tous les habitants du quartier. Am Salah leur a dit :

« *Je lui pardonne, non pas pour lui plaire et lui faire plaisir, mais pour satisfaire ma propre conscience* ».

En prison, Jomâa a souffert d'une grave insuffisance rénale et sa vie s'est trouvée exposée à un sérieux danger. Il avait compris de son médecin traitant qu'il mourrait rapidement s'il ne trouvait pas quelqu'un qui accepterait de lui faire don d'un de ses reins pour le lui transplanter.

Lorsqu'il fut libéré et eut pu réintégrer le quartier, il a tout changé dans sa vie : son apparence extérieure, ses mouvements et son style de vie. Il a alors laissé pousser sa barbe et a troqué sa chemise multicolore et son jeans « made in USA » contre un long « kamis » afghan gris (^{4}), et son couteau à cran d'arrêt qu'il cachait dans ses vêtements, contre un chapelet de 100 grains qu'il tenait toujours et ostentatoirement dans la main (^{5}).

(^{4})– C'est une longue tunique religieuse arrivant au-dessus des chevilles. « Le kamis » est généralement large et ample de manière à ne pas permettre de dévoiler les formes du corps.
(^{5}) –Chapelet ou « sebha » ou « misbaha » c'est un collier qui sert à compter les prières récitées de manière répétitive en égrenant ses éléments. Il est composé généralement de 99 grains correspondant

Il a commencé par vouloir convertir sa femme Zohra à son nouveau style de vie. Quotidiennement, il lui faisait de sévères remontrances, parfois assorties de menaces pour la ramener, selon ses dires, à la voie de la religion qu'il avait lui-même toujours désertée avant son séjour en prison.

Il a commencé à suivre de près Zohra, à surveiller ses mouvements, ses communications, tant réelles que virtuelles, les programmes télévisés qu'elle regardait. Il l'aurait même empêchée de travailler s'il n'avait pas besoin qu'elle lui paye ses cigarettes et ses factures.

---

aux 99 noms glorieux qualifiant Dieu. Ces grains sont répartis en trois groupes de 33 grains chacun qui sont séparés par 3 grains dont la taille ou la forme diffère de l'ensemble de façon visible. La matière des grains est de diverses origines (bois, ivoire, matière plastique, corail, ambre, pierre précieuse etc.). Certaines personnes de modeste culture religieuse affichent leur chapelet en le tenant à la main de manière visible en considérant une telle pratique comme un signe de piété et de religiosité aux yeux des autres.
 Si la majorité des Ulémas considère que l'utilisation du chapelet n'est pas prohibée, elle préfère cependant l'utilisation le comptage aux doigts car elle reproche à l'utilisation du chapelet d'être entachée d'hypocrisie et que celui qui utilise le chapelet est généralement distrait.

Zohra a fini par porter le voile juste pour avoir la paix et éviter les continuels problèmes avec Jomâa et le jour où elle s'était couvert la tête, elle avait regardé ses cheveux frustrés avec amertume et regret et s'était chuchotée :

« *Aujourd'hui, je dis adieu à l'un des secrets les plus profonds de la femme. Que le Seigneur te guide, Jomâa. Tu m'as fait paraître beaucoup plus vieille que mon âge réel pour rien.*

Afin de se réconforter, Zohra s'était mise à ronronner un vers du célèbre poète libanais, Elie Abu Madhi :

« *Si la beauté du visage était une vertu, la beauté de l'âme en serait alors une encore meilleure* ».

Au mois de ramadan, il n'a pas été possible à Zohra de jeûner. Pour pouvoir travailler convenablement et atteindre le niveau de rentabilité requis dans l'usine de confiture où elle occupe le poste de contrôleuse de qualité, elle ne devrait pas manquer d'énergie et de vigilance, surtout que son corps est très maigre et son immunité est déficiente et que le jeûne lui fait perdre la concentration requise pour mener son travail comme il se doit. Même en dehors du mois de ramadan, quand elle ne jeunait pas, il lui arrivait parfois de perdre conscience en plein service, et d'être obligée, de ce fait, de s'absenter des journées entières de son travail.

Pour cela, à la fin de la nuit, elle s'était habituée à préparer du café et des tartines de beurre qu'elle cachait loin du regard de Jomâa. A l'aube de chaque jour, elle se réveillait courbaturée, rejoignait les toilettes comme une voleuse pour que Jomâa ne la remarquât pas, buvait son café, mangeait ses tartines rapidement comme un chien pressé, avalait deux comprimés de vitamine C, se lavait la bouche et se brossait les dents et quitta la maison pour une dure et longue journée de travail.

Le jour où Jomâa découvrit que Zohra ne jeunait pas et ne faisait pas le ramadan, il l'a sauvagement frappée toute en hurlant :

« *Je jure de t'écraser comme une punaise, de déchirer ta chair et de la jeter aux chiens si tu manquais à jeûner de nouveau, espèce de* mécréante, de sale salope… ! Si ce n'est cette maudite loi qui interdit la polygamie dans ce pays, j'aurais épousé une autre femme meilleure que toi, qui ne travaille pas, qui s'occupe de moi et de la maison et qui, surtout, ne me noircit pas le visage devant Dieu ».

Après avoir terminé sa scène de violence, tant physique que verbale, il s'isola dans la chambre à coucher pour prier. Zohra l'avait vu lever les bras vers le ciel et l'avait entendu prier :

« Seigneur des mondes, je suis votre fidèle serviteur et votre successeur sur terre. Je suis gravement malade, guérissez-moi et faites en sorte que je puisse avoir un rein et être sauvé. Ô Dieu ! Je ferai tout ce que vous me commanderez de faire et serai votre fidèle serviteur toute ma vie. Un rein seulement, c'est tout ce que je demande ! Les gens du quartier me détestent, et mes proches ne veulent pas me faire de don. Ô Seigneur des mondes ! Procurez-moi donc, par vos moyens inépuisables, un rein le plus tôt possible ».

Zohra regarda Jomâa exercer son hypocrisie avec habileté et maîtrise et se chuchota :

« Aucun ennemi à présent n'est plus puissant que la maladie et aucun adversaire n'est plus noble que moi. Tu me maltraites alors que je suis ta femme qui t'a attendu tant d'années quand tu étais derrière les barreaux, qui a compté les innombrables heures paresseuses insensibles au temps et qui ne veulent pas bouger et qui t'a attendu comme un cancre élève sans espoir et sans rêves. Tu me sors de la prison sous la forme d'un dangereux criminel pour stigmatiser, sans réelle raison, mon comportement et attaquer injustement mon honneur. Jomâa, tu fais cela à moi qui t'ai supporté et continue à te supporter alors que tu es oisif, fainéant et sans ressources ou revenus. Tu prenais et tu continues encore à prendre mon argent, que je gagne dans la douleur et à la sueur de mon front, pour payer ton alcool et aller vomir dans les rues comme un chien. J'ai abandonné ma liberté, j'ai laissé derrière moi les parfums de la mer, des citrons et des roses, pour introduire mon encart historique dans ton sale musée, dans ton total effacement, tes fréquents effondrements et ta révoltante insignifiance. J'ai accepté, Jomâa, mon triste sort et la misérable vie avec toi seulement pour perpétuer les valeurs des

premiers ancêtres et les grands principes des grands-parents. Ceux-ci m'avaient dit qu'une bonne épouse n'abandonne pas son mari quand il est en détresse et se patiente s'il était mauvais avec elle et se tient à ses côtés, s'il était malade ou en difficulté, qu'une bonne épouse file la laine même avec une cuillère, si elle ne trouvait pas un fuseau, qu'elle minimise ce qui se perd dans l'homme et cherche dans l'âme les qualités de la perfection et les agréments du paradis !

Mais, ils ne m'avaient jamais dit :

« *Dépense ton argent, Zohra, pour permettre à Jomâa de payer son alcool et d'aller vomir comme un chien dans les rues devant tout le monde et pour s'exposer et t'exposer avec lui, aux scandales, aux railleries des voisins et à la réprobation générale* ».

Jomâa avait déjà entendu la moitié de son monologue, quand Zohra fondit en larmes. Il l'a alors enfermée dans une chambre en hurlant comme un fou furieux :

« *Reste, toi et la mort, seuls dans le noir à l'intérieur de ces quatre murs !* », lui cria-t-il.

Zohra a tremblé quand il l'a jetée dans cette chambre sombre sans fenêtre et dépourvue d'électricité. Elle a senti comme s'il l'avait poussée dans l'abime. Mais elle ne s'était pas pour autant tue, comme elle avait l'habitude de le faire en pareilles circonstances. Elle lui a répondu en le maudissant cette fois :

« *Je n'ai pas peur de la mort,* Jomâa *! J'ai seulement peur de passer une vie de honte et d'humiliation avec toi. Les pigeons meurent, les violettes meurent aussi. Suis-je meilleure qu'eux ? Moi je mourrais de bon cœur, par générosité de cœur et grandeur d'âme. Je mourrais pour la bonté et non pour une quelconque récompense ou contrepartie, que cette récompense ou contrepartie soit terrestre ou métaphysique. Moi je ne cherche rien dans l'au-delà ! Ce qui m'importe, c'est ce que j'ai réalisé et ce que je continue à réaliser ici-bas, sur terre. Mon rêve à moi, a toujours été très simple. J'ai voulu juste avoir un enfant souriant qui rigole pour le jour et je l'ai eu, aussi beau et souriant que le printemps. Tandis que toi, pauvre Jomâa, Dieu ne t'entendrait jamais. Car tu t'es toujours écarté de la voie de Dieu et tu ne t'es rappelé de son existence,* de sa puissance et de son omniprésence qu'incidemment et suite à ta grave maladie rénale et au refus général des habitants du quartier et de tes proches de te venir en aide. En outre, Tu ne t'adresses pas à Dieu dans tes prières par piété et par pure et authentique croyance, mais par simple intérêt terrestre et pour faire du troc avec le plus puissant. Tu n'as même pas honte de soumettre ta promesse de devenir un fidèle serviteur à Dieu et faire ce qu'il te commande à la condition qu'il te guérisse et te donne un rein. Crois-tu, Jomâa, que le bon Dieu va t'aider à avoir un rein du seul fait que tu lui avais promis fidélité ? Est-ce que tu négocies avec Dieu Jomâa? Crois-tu que Dieu accepterait tes méprisables marchandages et négociations. Qui te crois-tu être Jomâa pour procéder à de telles négociations avec le tout- puissant ? Non Jomâa! La voie que tu as empruntée ne mène nulle part. Elle n'est pas, en tout cas, celle de Dieu et de la religion que tu connais à peine pour ne pas dire que tu l'ignores totalement. La croyance et la foi ne marchent pas sans sincérité, et la sincérité est fille de la conviction. Elle ne saurait donc être événementielle, occasionnelle, ou soumise à une *quelconque condition ou dictée par un quelconque intérêt terrestre.*

La maladie va te faire disparaître de la surface de la terre, Jomâa, d'autant que personne dans le quartier et dans tes proches n'a accepté de te faire don d'un de ses reins. Tu ne mérites rien, Jomâa *! Vraiment rien ! Même le nom de* Jomâa, *tu ne le mérites pas ! Ta mère aurait dû te choisir un nom neutre, dépourvu de sens, car toi-même tu n'as aucun sens, Jomâa ! Il doit en être ainsi pour que les noms soient cohérents et qu'ils ressemblent un tant soit peu à leur attributaire et qu'ils correspondent à leur valeur ou à l'absence de leur valeur ».*

Totalement indifférent aux propos de Zohra et à son surprenant soulèvement, Jomâa s'apprêtait à quitter la maison, quand il entendit la dernière phrase de Zohra. Un incendie s'est déclaré alors dans ses cotes et un désir d'abattre Zohra le secoua. Mais il arriva tout de même à maîtriser ses nerfs, à recouvrer son calme et à retrouver, un tant soit peu, son sang-froid.

Il colla alors sa joue droite sur la porte de la pièce où il a séquestré Zohra et lui répondit froidement :

« *Tu parles de ma mère ! Au moins celle-ci a donné naissance à des hommes ; pas comme ta mère qui a mis au monde deux prostituées : toi, et ton frère, l'homosexuel Yousri. Mais alors celui-là est vraiment un scandale ambulant. Il est aussi répugnant que la forte odeur de l'urine stockée depuis longtemps. Moi, je n'accepterais jamais de lui adresser la parole si je le rencontrerais dans la rue. Il me fait honte, il ne peut m'attirer que le mépris, le déshonneur et la déconsidération. Il est gay ton sale frère Yousri, Zohra*!

Et à *Jomâa* d'ajouter en guise d'avertissement à l'adresse de Zohra :

« *Si ta mère continuait à se montrer réticente à l'éduquer et à le ramener au droit chemin, ou si elle est incapable de le faire, ça sera alors moi-même qui m'en chargerai de cette besogne. Mais moi je l'éduquerais à ma façon, et tu connais, sale pute, comment je m'y prendrais pour m'acquitter rapidement, efficacement et par le chemin le plus court de cette nécessaire et salutaire mission »*.

Jomâa s'était mis ensuite à glousser malicieusement, tandis que Zohra s'était agenouillée dans la chambre, ses yeux s'étaient desséchés, mais s'efforçant de se surpasser pour tenir le coup, elle parvint, malgré un début d'effondrement, à rétorquer :

« *Non, Jomâa, ce n'est pas vrai ce que tu disais ! Mon frère n'est pas homosexuel et il ne l'a jamais été. Il souffre seulement d'un trouble inné d'identité sexuel et il est entrain de se soigner par des médecins spécialistes de grand renom. Il va subir bientôt une intervention chirurgicale de rectification pour recouvrer le sexe correspondant à sa véritable identité. Yousri n'a pas choisi le trouble dont il souffre. C'est son destin qui est comme ça ! Il ne peut donc en être tenu pour responsable. Aucune loi, aucune prescription religieuse dans l'univers entier ne peut l'en tenir pour responsable sans tomber dans l'illégitimité, l'oppression et l'injustice. Seule la nature en est responsable, dès lors que c'était elle, qui a exercé sa volonté pour qu'il en soit ainsi* ».

Et à Zohra d'ajouter :

« Est-ce ta foi, qui t'a amené à débiter les horreurs que tu venais de dire ? Pour ton information, pauvre Jomâa, mon frère Yousri, a été toujours premier de sa promotion à l'université. Il étudiait et travaillait en même temps pour financer ses études. Oses-tu prétendre avoir un centième de ses mérites et qualités, pauvre ivrogne d'hier et fanatique religieux à deux sous de quelques jours ? »

Jomâa s'apprêta à ouvrir la porte de la chambre et à se jeter sur Zohra pour la violenter sauvagement, comme il avait l'habitude de le faire lorsqu'il se trouve à court d'arguments pour rétorquer, quand il entendit frapper à la porte principale, il l'ouvrit et tendit son visage dehors pour voir Yousri, habillé tout en blanc, debout comme un saint devant la porte et, arborant un large sourire, il lui dit avec une voix compatissante :

« As-tu trouvé un rein, Jomâa ? Zohra m'avait informé que tu n'as pas encore trouvé un donneur. Je suis venu t'informer simplement que je suis prêt à te faire don de l'un de mes reins. J'ai déjà consulté le

médecin. Il m'avait assuré qu'il n'y a aucun empêchement médical à cela !».

XIII

May

« *C'est la force et la liberté qui font les excellents hommes. La faiblesse et l'esclavage n'ont fait jamais que des méchants* »

Jean-Jacques Rousseau

May, n'a à aucun moment regretté son divorce d'avec Amer, car il était radin malgré sa richesse obscène. Pour elle, un homme cupide devant son charme et sa beauté est un paradoxe similaire à la dissociation des symboles de la réalité, des mots de leur signification et des appellations de leur objet. C'est selon elle un évènement dévastateur.

L'avarice est un grand fléau, papa, dit May à Si Nasser :

« *Un homme radin ne veut pas dire seulement qu'il préfère l'argent à moi-même, mais encore qu'il me prive de son affection également. Sa cupidité* m'a détruite et a empêché les fleurs de germer dans mon cœur ».

Si Nasser frotta calmement sa barbe légère et répondit :

« Ton mari est esclave de la matière, MAY, et moi je déteste l'esclavage sous toutes ses formes. L'on pourrait me rétorquer que sauvegarder son argent est nécessaire pour préserver sa dignité dans un monde mû par l'argent et dont le sort est contrôlé par les riches. Bien sûr, la sagesse est requise dans tout ce qui est en rapport avec la vie et le monde. Mais l'avarice, à l'opposé de la générosité, s'analyse comme une preuve de méchanceté et d'égoïsme et la générosité est la vertu des nobles. Le bonheur de l'homme ne réside pas, ma fille, dans ce qu'il reçoit, mais dans ce qu'il donne. Quand on donne, on se débarrasse d'un lourd fardeau et on s'enfuit aussi léger que l'ombre. Ne soit pas avare et ingrate qu'Amer et sache que rien n'est plus beau que de partir de ce monde allégé de tout fardeau. Débarrasse-toi de cet homme, ma fille. Depuis que tu l'as épousé, je ne vois dans tes yeux que le silence des pierres et *j'entrevois presque les pigeons crucifiés de chagrin dans ton cœur. Tu mérites, May, un homme libre et non un esclave de la matière* ».

L'avarice d'Amer est ressentie par la belle et charmante May comme une transformation de tout l'espace autour d'elle en oiseau noir qui traverse un feu brulant. Un jour, elle lui a tendu la paume de sa main comme un ruisseau sec et a mis dans sa poche de l'argent :

« *Amer, je t'ai donné le prix d'une rose. Va chez le marchand de fleurs, près de la boutique d'épices et d'aromates, et achète-moi une rose* ».

Mais Amer, garda l'argent dans sa poche et s'écria à la face de May :

« *Une rose May ! Qu'est-ce que tu vas faire avec une rose qui se fane quelques heures après son achat. J'achèterai autre chose qui nous sera bénéfique. Tient, j'achèterai, au prix d'une rose, du pain et du fromage et tu te soulageras ainsi de cuisiner ce soir !* »

Quand elle s'est débarrassée d'Amer, May se dit :

« *Je me suis débarrassée du diable qui avait habité cette femme cette nuit-là et qui l'avait rendue enceinte de cette fripouille* ».

Brisée comme une feuille de murier éparpillée par la tempête et ramenée à la vie par la pluie, May dialoguait avec Nasser quand celui-ci lui observa :

« *Le tourment de l'oubli est nécessaire, May, pour te débarrasser du souvenir et le dialogue discursif intérieur avec toi-même est une large porte qui te mène vers de grands rêves loin de cette malédiction destructive. La beauté est un pouvoir, ma fille, et les gens sont gouvernés par elle. Et toi avec tes yeux verts comme deux pommes ondulant dans l'eau et la lumière, tu peux trouver un homme qui te convient, respecte ton imagination et la délicatesse de tes sentiments et abrège la distance entre toi et tes rêves et non pas qui te prive de roses, de mûres, de cerises, de mangues et te dit que le pain est toujours meilleur et tu vivras alors avec lui tenue par une boule éternelle à la gorge* ».

May s'était rendu compte de son charme et de sa beauté lorsqu'elle alla pour la première fois au bain maure du quartier. Elle y a vu de terribles femmes nues avec des bras énormes, des fesses plates et des visages effrayants. La scène de ces femmes était pour elle terrifiante tout comme un film d'horreur dont la vision des scènes la surprenait en plein sommeil. Elle était parmi elles comme un ange sur un lit décoré de roses et de fleurs de jasmin et porté par un fantôme qui flirtait avec une flûte.

Souvent, lorsque la nuit se couvre d'arbres, elle se tenait devant le miroir pour contempler son corps convoité comme un bouquet de chrysanthèmes décoré par de denses cheveux dorés.

May a des seins parfaitement formés, leur volume équivaut ceux de deux poignés de main ni plus ni moins. De sa bouche, délicatement dessinée suintent du jus d'érables et de raisins et quand elle a collecté suffisamment d'argent, elle s'est soumise à une opération esthétique d'agrandissement des fesses, les transformant en deux grands rubis qui ne peuvent laisser indifférent. Les hommes sont obsédés par les beaux visages et les grosses fesses.

May s'est toujours dit que la beauté de l'âme est un pur mensonge inventé par les malheureux qui ne sont pas gâtés par la nature.

May n'a pas tardé à retrouver les frissons de son âme lorsqu'elle avait connu Jamel, un homme riche qui l'avait aspergée de cadeaux et c'est ainsi que les éclairs éclatèrent de nouveau et que la pluie retomba dans son cœur. Elle l'a épousé et Jamel en a pris grand plaisir comme quelqu'un qui prolongea la méditation sur un fruit mûr qui l'a aspergé d'une dissolution mielleuse brulante et lui avait dit :

« Les petits détails seuls me font tomber amoureuse et la générosité me pousse au sommet de la passion et de l'orgasme. L'homme généreux possède mon âme parce qu'il respecte mon imagination et mes désirs changeants, il arrive alors à s'approprier mon corps comme un doux résultat émotionnel ».

En épousant Jamel, May pensa qu'elle avait franchi le seuil entre l'horizon et l'abime, mais le rythme n'a pas tardé à se rétrécir alors qu'elle traversait avec lui le chemin de la vie. Quand elle s'était querellée avec sa mère, il l'a abandonnée dans le lit et s'était mis à passer sa journée entre son travail et un siège adjacent à un mur de verre dans un café bondé. May se transforma aux yeux de Jamel en une belle figurine que n'importe qui peut placer à côté d'une bougie consumée ou d'un vieil album photo.

May passa toute la nuit à réfléchir et puis pose la tête sur l'oreiller et se chuchota :

« Le sommeil est la joie suprême de l'oubli ! Mais Lella Ftima va gâcher ma courte mort quand elle alla me surprendre dans le rêve en train de faire glisser du fiel et des figues de barbarie dans mon cœur. La femme a pris le contrôle de mon bonheur et s'est mise à tirer toutes les ficelles.

-*Ton mari, dit Nasser à l'adresse de May, est l'esclave de sa mère ! Et moi, je déteste l'esclavage sous toutes ses formes. La femme avait asservi son fils religieusement sans plus. Lorsque nous t'avions donné naissance, May, nous ne l'avions pas fait pour combler un vide dans notre vie. Celle-ci est une des croisades bruyantes, épuisantes et surencombrées. Une amère équation entre l'ego et l'autre ! Nous t'avons donné naissance pour proclamer notre mérite après le conflit et pour laisser une trace saine de l'âme. Nous n'avons à aucun instant négocié avec notre satisfaction de toi comme nos mères l'avaient fait et comme la mère de Jamel le fait maintenant. Car nous voulions que tu sois libre ! Et nous voulions, et nous continuons à vouloir, que tu sois, toi, satisfaite de nous, parce que nous étions dans un état rare de douleur pour t'avoir propulsé dans un monde qui est celui du crime. Débarrasse-toi de cet homme, car on ne peut rien attendre de bon d'une personne enchaînée intellectuellement et qui prend ses décisions en fonction du consentement de sa mère, ce qui constitue un moyen ignoble par lequel la religion est utilisée pour faire pression sur la progéniture et l'asservir jusqu'à la fin de la vie. Lella Ftima contrôlera ton bonheur jusqu'à la fin de la vie, May. Son arme est forte, puissante et ne peut être discutée dans la sérénité et Jamel continuera de t'abandonner et de te délaisser chaque fois que Lella Ftima le menacerait de le priver de sa satisfaction ».*

La blessure était profonde cette fois, mais Si Nasser a tout à fait raison quand il avait dit à May que la beauté de ses yeux peut attirer n'importe quel homme comme un des faits magiques de la nature.

Après une période de silence sanglant, May était sortie au monde pour gérer ses affaires et elle a fait connaissance avec Mejdi. Elle s'était intéressée à lui quand elle a pu s'être assurée qu'il était athée, libre, indépendant d'esprit et orphelin du côté de la mère.

Elle l'a accepté comme mari. Mejdi était architecte et travaillait beaucoup à l'extérieur de la maison. Quand il rentre le soir, il avale rapidement son diner puis s'asseyait devant son ordinateur faisant croire au début à May qu'il allait terminer son travail, mais il s'est avéré en fait qu'il était accro aux jeux vidéo. Il passait des heures de la nuit à déplacer ses soldats imaginaires. Il bégayait, murmurait, se mettait en colère, souriait, se levait, s'élançait, s'avançait, reculait sortait, revenait, s'asseyait de nouveau devant l'ordinateur, déplaçait de nouveau ses soldats et continuait à ce rythme jusqu'à l'aube. Il se lavait alors le visage et quittait la maison.

Comme si on l'avait attachée, droguée et fait endormir le taureau qui faisait rage dans son for intérieur, May se mettait à délirer pendant des jours, à crier dans ses profondeurs aussi sombres que le fond d'un puits déserté. Tous les jours elle se mettait sur le lit, avec ses plus ostentatoires sous-vêtements, se préparait, se pulvérisait un parfum haut de gamme, se peignait les cheveux, mettait du Kholl dans le contour de ses yeux purs… et attendait. Mais Mejdi répondait à l'appel du devoir sacré devant l'ordinateur.

Comme si quelqu'un l'avait attachée à un rocher et l'avait rouée de coups, May tomba au fond d'un puits déserté et pleura avec amertume. Le destin ne lui a pas laissé une seule chance de se défendre, de vaincre son désespoir et de retrouver sa vie.

Si Nasser va lui dire cette fois encore tout en frottant sa barbe légère et en contemplant son visage dénué de rêve et de sentiment :

« *Cet homme est aussi un esclave, May, il est l'esclave de la technologie. Et moi, je déteste* l'esclavage sous toutes ses formes. Débarrasse-toi de lui, ma fille ».

Mais alors que May s'était également débarrassée de Mejdi, elle ne pouvait cependant se débarrasser du jugement social à son égard qui va lui imputer tous les torts du monde. Quoi ! Trois mariages ratés ! Qui va croire que ses histoires sont réelles et véridiques, que la sécheresse est en l'état et que les bons anges sont une fête sur la table des salauds et des démons ?

May a couru vers son meilleur ami qui l'aimait secrètement et n'avait pas osé révéler son amour pour elle parce qu'il est pauvre et May ne croyait pas que l'amour peut être le lot des pauvres et des nécessiteux. Mais elle aimait lui parler et le croyait lorsqu'elle écoutait les mots couler de ses lèvres pour purifier son âme alors qu'il regardait le large horizon.

Mahmoud attendit que les pensées de May se tarissent pour lui dire avec son calme habituel :

« Si Nasser, ton père est un sage, May. Tous ces hommes sont vraiment des esclaves. Mais toi *aussi tu es esclave ! Sais-tu que ton corps t'a asservi May et t'a fait croire que tu es une marchandise haut de gamme qui devrait toujours être vendue à un prix élevé ! T'étais-tu déjà demandée comment pensent les commerçants ? Un commerçant ne se suffit pas d'un seul bon produit May. Il vend et achète et aspire toujours faire évoluer son activité et à la développer comme il aspire au profit et à la richesse.*

Ton âme ne signifie rien pour ces gens parce que toi-même tu ne la connais pas et ne réalise pas à quel point elle est belle et pure et combien elle est digne de monter sur les hauteurs pour que le monde entier la voie.

Ces gens te regardent et personne ne te connaît. Leurs rêves avec toi sont aussi rapides qu'un télégramme et les émotions sont réduites avec eux à dix minutes de sexe. L'argent n'est pas un sac cher où tu caches tes sentiments et les plus beaux de tes rêves. L'argent n'est pas non plus un casier argenté dans lequel tu accroches tes déceptions nocturnes. Ton corps n'est pas un panier de poubelle et ton cœur n'est pas un rocher. L'argent n'est pas la vie May !

J'ai vu dans ma vie deux amants courir joyeusement sous la pluie sans parapluie et sans chapeau, joyeux à moitié nus, courir et ne pas savoir vers où, libres de tous les complexes du monde, haletant au même rythme et se rapprochant l'un de l'autre jusqu'à se coller et devenir deux en un !

Il n'est pas nécessaire que le corps soit étonnamment beau pour vivre la joie. La virginité de la femme se renouvelle avec l'amour pur et sincère et la sagesse de l'homme grandit, lorsqu'une femme de grande âme, dont l'esprit ne rouille pas, l'ébloui et l'apprivoise avec deux mains soyeuses.

Tu dois te libérer de ce temple, May, tu dois te libérer de ce récipient étroit et découvrir ton âme comme quelqu'un qui s'aventure à découvrir une terre promise. Tu trouveras, entre-temps quelqu'un qui te dira les mots qu'une femme aime entendre et qui t'apportera des roses, du basilic et tout ce qui est digne de ta nuit éclairante ».

May réfléchit et se demanda d'où vient toute cette perspicacité et cette habilité qui ont permis à Mahmoud de réécrire la vérité devant elle comme quelqu'un qui conçoit et rédige un traité de paix entre un détenu et son geôlier.

Elle parcourait les rues de la ville honteuse d'elle-même et de tout ce qui l'entourait. Elle avait mal au cœur. Elle ne savait pas qu'elle était si insignifiante et que sa superficialité était la cause de tout ce dégoût dans sa vie. Elle s'était mise à enlever le brouillard qui entourait son âme comme quelqu'un qui enlevait la peau morte de sa chair. Les images défilaient dans sa chair comme celles d'un cortège funèbre et le visage de Mahmoud la regardait et ouvrait en face d'elle une aile de blancheur infinie.

En cette nuit-là, le printemps bruyant faisait rage dans la ville et Mejdi se tenait, comme d'habitude, devant l'ordinateur, déplaçant ses soldats pour libérer la patrie, tandis que May était dans les bras de Mahmoud qui lui brodait sur le visage l'histoire de la nation avec des fils d'or. Et au moment où Mejdi hurlait, extasié de la victoire de ses soldats, May guidait, quant à elle, les lèvres de Mahmoud vers un tatouage au bas de son nombril et criait jusqu'à la fin de l'être.

XIV

Sobhi

Je voulais que tu comprennes ce qui est le vrai courage, au lieu de l'imaginer que c'est un homme avec un fusil à la main. Le vrai courage, c'est de savoir que tu pars battu d'avance, mais d'agir quand même sans s'arrêter et de tenir bon jusqu'au bout.

Harper Lee

(Ne tirez pas sur l'oiseau moqueur)

Sobhi pointa le couteau à cran d'arrêt à la taille de la femme et lui intima l'ordre de sortir ce qu'elle avait dans son sac et de garder le silence. Sans se retourner pour voir son visage, elle lui répondit d'une voix tremblante et effrayée :

« *Pas besoin de violence. Je vous donnerai tout ce que vous voulez. Seulement, ne me faites pas de mal, je suis enceinte, j'ai un enfant dans mes tripes* ».

La voix sonna violemment dans sa mémoire. Et comme s'il a été fouetté au cou par une queue sans fourrure, il tourna la femme vers lui avec nervosité et crainte. Ses pupilles s'élargirent soudainement, des larmes et du feu y brillèrent. Il se mit à genoux, lui attrapa les pieds des deux mains et cria en pleurant de chagrin :

« *Pardonne-moi, pardonne moi ! Ce sont eux qui ont fait de moi ça !* »

Lorsque Sobhi était élève au lycée, il s'asseyait au dernier banc de la classe dans les cours de mathématiques et de physique et au premier banc pendant les cours d'Arabe et de philosophie. Car, outre le fait qu'il ne comprenait rien aux mathématiques, il pensait que cette matière, tout comme la physique, ne procure pas la liberté et n'était donc pas selon lui, la matière la plus importante dans l'existence. Il a toujours dit à son frère ainé, Othello, qui a quitté le lycée depuis quelques années et s'était mis à voler les comprimés de Parkizol et d'Artane des pharmacies pour les revendre aux toxicomanes et à piller les passants et surtout les femmes et les filles rentrant chez elles le soir de leur travail ou se rendant le matin au souk pour s'approvisionner ou aux boutiques pour faire du shopping :

« *Tu sais Othello ! Il faudrait qu'ils nous enseignent la philosophie et les sciences humaines plus intensivement, avec amour et dévouement pour nous permettre d'accéder à plus de liberté* ».

Mais Othello, qui le scrutait comme un idiot et l'écoutait avec indifférence, lui répondit :

« *Que tu ailles au diable avec tes idées saugrenues ! Moi je me rendrai en Italie pour travailler comme chef au Bellagio* ».

Sobhi n'était pas intéressé aux mathématiques et ne comprenait rien de ce que disait le professeur. Pour lui, ce cours était une véritable torture. Lors du cours de math, Il cacha sa tête entre les épaules comme une autruche et rêva des livres qu'il lirait et des romans qu'il écrirait au cours de sa vie. Il s'imaginait assis dans un coin d'un petit restaurant en bois de chêne avec une lumière pâle émettant un faisceau d'illumination et un son de flûte qui gémissait, ramassait et reconstruisait les décombres de ses chansons, un petit restaurant qui reçoit les abattus et les vaincus et ceux qui fuyaient le gel de la solitude. Sobhi traça le contour de ce petit restaurant sur la feuille d'évaluation qui était devant lui et y compléta les plans des batailles manquantes. Il s'imagina en train de cueillir des coquelicots dans le chemin des bois et se représenta sa mère, la malheureuse, Tahani, que tout le monde appelait « Directives », car elle ne cessait de recevoir et d'exécuter les ordres de son ivrogne mari, Ferjani. Celui-ci lui ordonnait devant tout le monde en jouant aux cartes dans le café du quartier :

« *Tahani ! Apporte-moi les pantoufles noirs pour les porter à la place de ces maudites chaussures pointues...Tahani achète-moi un paquet de cigarettes Monte Carlo de chez Mongi, l'épicier. Tahani fais-moi venir ton fils, le vagabond Othello ! Tahani, prépare la table, j'entrerai bientôt pour manger...* ».

Sobhi se mordit douloureusement les lèvres et la solitude fit agiter dans son esprit ses souvenirs pour le ramener enfin à sa réalité corrompue. Rien ne lui faisait plus mal que de voir son père violenter et maltraiter sa mère après avoir bu jusqu'à l'aube et de le voir, quand il aurait terminé ses scènes violentes, se mettre à tourner en rond dans la maison comme un chien affamé à la recherche de quelque chose à vendre pour sécuriser les dépenses de la nuit suivante.

A l'avant-veille du réveillon de l'année dernière, Tahani l'avait supplié de cesser de s'adonner à l'alcool, même momentanément et pour une courte durée, ne serait-ce que pour laisser passer cette occasion dans la joie et sans problème. En fait Tahani manœuvrait pour que la télé soit maintenue en place le soir du jour du réveillon afin qu'elle puisse suivre avec ses deux fils Othello et Sobhi les émissions spécialement joyeuses et festives programmées pour la circonstance. Mais Ferjani, le pourri, avait excessivement bu, la veille du Nouvel An et avait quand même vendu la télévision !

Sobhi réintégra sa peau dans son coin de la classe et pleure en silence. Dans son esprit il ouvre un tunnel pour le traverser en toute sécurité à la recherche de rues qui propagent autour de lui une nuit qui ne se sent, ni ne se voit.

Lors du cours de philosophie, Sobhi, s'asseyait toujours sur le banc avant de la classe. Piqué par les tresses blondes de Sonia, il se vit dans un vaste champ de blé se promener librement entre les épis peignés délicatement par un vent soufflant sur lui comme une prière des pigeons. Il regardait ses yeux vrais, mais purs comme quelqu'un qui assistait à la naissance du matin. Elle lui sourit alors avec tendresse pour qu'il se réjouisse à l'instar de quelqu'un qui se réjouit de la sensation de voir germer dans son cœur un arbre d'espoir.

Dans le cours de philosophie, Sobhi se transformait en aigle sans entraves. Il participait au cours, discutait les concepts et les pensées avec passion et enthousiasme. Il se sentait comme s'il vivait des jours de grandes fêtes. Il volait avec ses idées comme une abeille au-dessus des herbes.

Sonia était consciente de l'ampleur de la douleur qui risquait d'emporter les rêves de Sobhi et anéantir son énergie. Elle était persuadée que cet élève était un oiseau rare portant de bonnes graines, mais que les circonstances de la vie l'avaient fait tomber de son perchoir tout comme si la lune serait tombée sur des miroirs brisés. Elle respectait sa manière de s'accrocher à la vie et aimait sa façon de se frayer un chemin dans les rochers pour s'élever et grandir, même si elle était persuadée que sa force n'était pas suffisante et ne permettait pas à son imagination de triompher de la réalité corrompue.

Sobhi lui relatait les écrits de Socrate, de Spinoza, de Rousseau, d'Hugo, de Durkheim, de Kant... et lui dit :

« *Nous, les gens du temple déserté, nous volons avec notre imagination sur nos chevaux blancs. Des sources d'eau et des îles naissent dans nos têtes. Comme si nous étions des étrangers, nous n'avions pas urbanisé cette terre, mais nous sommes conscients des détails qui brûlent toutes les vérités et se composent pour former un trône qui nous amène au Saint-Sépulcre* ».

Elle lui répondit :

« *Tu n'as pas, Sobhi, à t'enfouir dans les livres au point de t'y enterrer. Ta force n'est pas seulement de traiter ta profonde douleur avec un poème, un roman ou une partition musicale. Ta force réside parfois dans un cri spontané qui fait ressentir les profondeurs de l'humanisme qui est en toi. Les livres sont bons, Sobhi, et la philosophie peut t'immortaliser, mais rien n'équivaut l'expérience humaine brute, celle qui te pousse à t'aventurer, à te rapprocher des gens, à voyager, à danser dans la rue, à cracher aussi et à parler à toi-même s'il le faut. L'expérience humaine ne consiste pas à étudier et à travailler comme une mule pour nourrir tes enfants et mourir ensuite. Tu dois découvrir ton monde profond et y vivre ton expérience humaine loin et libre et rêver de découvrir des continents et gouter de nouvelles épices et même de presser du vin entre les jambes d'une fille... Si tu déciderais de t'enfouir dans les livres, sois sûr que tu vivras une vie endommagée. Tu dois aller seul dans la nature pour mieux entendre le pouls de l'Univers. Essaye d'uriner derrière un arbre et de monter au sommet d'une montagne et de crier. Essaye de capturer des oiseaux et de les libérer ensuite. Essaye de caresser un papillon après avoir suivi sa croissance depuis qu'il était une chenille. Essaye de courir entre les pentes et de rire, parfois, d'une voix troublante. Les livres sont bons, Sobhi, mais ce ne sont pas la vérité. Celle-ci est que tu es libre, mais que tu te caches sous ta peau et à l'intérieur de toi-même, il y a un véritable champ de bataille. Ne pense pas, Sobhi, que tu vas trouver la vérité dans les livres et sache que les mystères de la vie ne sont pas encore écrits jusqu'à nos jours et que peut-être ne seront jamais écrits ».*

Un jour d'hiver anormalement froid, dans le cours de mathématiques, Sobhi était retiré, comme d'habitude, dans son petit coin au fond de la classe. Son cœur ressemblait à une ancienne bibliothèque en bois d'acajou ardent, sans lumière qui pourrait l'attirer au monde sanglant et dont le coin est orné d'une cheminée d'époque autour de laquelle se réunissaient, lui-même, avec Honoré de Balzac, George Sand, Alexandre Dumas et Alfred de Musset et discutaient du feu qui attachait l'un à l'autre. Son cœur ressemblait à une cour qui s'étend jusqu'à la fin de l'hiver, chargée de paix et de guerre et d'une quantité d'eau troublée pour des pigeons poursuivis par les cailloux.

Il était avec son groupe attendant l'arrivée de Victor Hugo qui pleurait encore la disparition précoce de Léopoldine quand le professeur l'apostropha :

« Hé, vous Sobhi, sortez au tableau pour résoudre cette équation ».

Comme quelqu'un qui fut jeté dans le feu de la cheminée, Sobhi se sentit en train de brûler. Il se leva sans se presser, traversa la salle lentement comme s'il se dirigeait vers un cachot, il se tint debout devant le tableau totalement incapable devant l'équation à résoudre. Il ne vit qu'un nuage blanc devant les yeux. Il garda le silence, mais intérieurement, il criait comme si on avait attaché son corps avec des fils métalliques et à des appareils dans une pièce grise.

« *Vas-tu te tenir debout longtemps comme ça ? Ecris donc la solution. Montre-nous ton savoir-faire !* »

Sobhi vécut une situation pire que l'instant de l'exécution d'un condamné à mort. Il s'apprêtait à solliciter du professeur qu'il l'autorise à regagner sa place pour qu'il puisse mieux réfléchir à la solution quand celui-ci courut vers lui, le gifla violemment et lui cria à la face :

« *Quand je te pose une question, ne m'ignore pas ! Tu ne souffres pas d'ennui mental et de calcification dans tes veines seulement, mais également d'une arriération totale* ».

Pour Sobhi, aucun malheur dans la vie n'est pire que celui d'un homme qui abandonne sa virilité dans une époque révolue et dans des lieux sombres ou qui troque sa masculinité contre des métaphores imaginaires. Ce qui lui est advenu était de loin pire que tout cela. L'humiliation qu'il avait subie était de nature à le faire disparaître de l'existence. Elle n'a pas seulement pulvérisé sa virilité, mais elle l'avait transformée à quelque chose de superflue et d'inutile. Il en fut complètement déstabilisé et passa par de graves dépressions. Il se méprisa lui-même et son âme chuta dans le vide et tomba dans l'abime.

Complètement affaibli, vidé de l'essentiel, incapable de relever la tête plus haut que ses pieds et de supporter le regard des autres, il a fini par s'isoler du monde.

Sonia accourut alors vers lui pour le calmer et le ramener aux bancs du lycée qu'il a abandonné. Mais Sobhi était tellement accablé qu'il n'avait même pas pu la regarder dans les yeux. Il se sentit flétri et corrompu devant elle, persuadé qu'il était d'avoir tué chez elle tout éventuel envie de lui du fait des tourments endurés par l'autre corps dont les forces étaient irréversiblement écrasées et avaient totalement disparues dans la nature.

Elle avait tenu fermement ses mains lui dit avec une forte sincère conviction :

« Tu es un grand homme Sobhi ! Tu dois croire en ta force qu'on essaye de faire exploser. Je n'aime pas te voir dans cet état, car le monde ne manque pas de cadavres. Ce monde ne convient qu'aux puissants. Tu dois le quitter avec grandeur comme les grandes occasions quittent les idiots ».

Elle l'avait amené chez elle, l'avait invité à un thé dans le jardin de sa maison. Dans sa tasse, elle a mis des fruits secs avec tendresse, amour et beaucoup de générosité comme quelqu'un qui renforce une relation de sang ou parentale avec une grande générosité de cœur et beaucoup de tendresse.

Sobhi scruta les vastes et agréables lieux qui sont de nature à transformer n'importe quelle potentialité somnolente et paresseuse en une énergie dynamique et optimalement productrice. Dans la maison de Sonia, on trouve l'original de toute chose. Le parfum de la plante d'anis avait subjugué Sobhi. L'odeur de la cannelle et de la cardamome se répandait comme si une main experte et invisible la secouait dans tous les sens, le parfum du cacao pur du chocolat et celui de la menthe sentait directement dans le cœur et le rafraîchissait. Le soleil se semait généreusement et équitablement dans tout le jardin et les clous de girofle fleurissaient comme si c'était un jour de fête.

Sobhi sentait comme s'il était sorti soudainement de la cour d'une prison pour écrire sur un pays qui produit des pommes et des étoiles. Sonia cueillit une fleur et la lui présenta. Il sentit comme si les cailloux du jardin s'étaient transformés en oiseaux volant entre les vents et les peuples. Il a laissé ses sens se déambuler librement dans les lieux comme quelqu'un dont le corps s'était transformé en une rose qui transcrit dans son cœur les détails de la rencontre.

Sonia le regarda avec sa tendresse habituelle et dit :

« *Je sais que tu mènes tout seul des combats plus grands que le langage, que ce qui t'attend est encore plus difficile et que tu es comme quelqu'un qui grandit entre les épines des cactus. Mais le sang qui continue à couler dans tes veines est toujours pur, rose et rosé. Il continue à irriguer les fleurs du destin qui germaient en toi, et ce qui importe le plus dans tout cela est que tu continues à vivre d'amour et c'est cela que le temps enregistrera dans ta balance* ».

En effet, la dernière chose que le temps enregistrera dans la balance de Sobhi est son grand amour pour Sonia. Il ne se souvient pas quand il l'a libéré de son corps sombre comme un tunnel étroit et a généreusement fertilisé l'espace gris de son âme le virant vers le vert. Il l'a aimée sans comprendre, sans se demander où cet amour peut le mener. Il l'a simplement aimée comme un des attributs de l'ultime bonheur.

Sonia fut la première à éveiller en lui les sources du bonheur sexuel et à diffuser en lui, à partir de la douceur et la perfection de l'entité féminine, l'étincelle de la virilité ultime.

Et quand il avait divulgué ses sentiments amoureux à l'égard de Sonia à son frère Othello, ce dernier l'avait regardé bêtement, puis lui avait dit ironiquement :

« *Tu me parles d'amour ? Moi je ne connais aucun amour plus merveilleux que le kif qui m'envahit quand l'extase entre dans ma petite tête. J'ai l'impression à ce moment-là d'être totalement guéri de tous les maux. Mes fantômes pervers s'éloignent alors de moi et j'oublie que je suis un chien, fils d'un chien et d'une chienne* ».

Puis il ouvrit la bouche pour libérer un rire bruyant laissant entrevoir les rares dents jaunes qui y restaient.

Grâce à Sonia, Sobhi a compris que le lieu où il est né n'est pas toujours la patrie et que celle-ci peut être réduite à une personne dans laquelle il voit le peuple, la terre et le droit, qu'une seule personne peut changer d'une manière décisive tous les concepts et la composition des choses autour de lui et que la vraie perdition est celle lorsqu'on se retrouve en dehors de tout cela, ni aliénation totale ni exil total.

Et quand Sobhi a estimé que ses sentiments ont dominé sa vie et que son cœur s'était transformé en une flamme brûlante, il a envisagé d'offrir quelque chose à Sonia, et comme il n'avait pas d'argent, il avait pensé à vendre quelque chose de la maison, à l'instar de ce que faisait son père à chaque fois qu'il a besoin d'argent. Il était assuré que l'accusation va être directement dirigée vers Ferjani. Mais les principes qui sont les siens et qui constituaient la partie lumineuse de sa personnalité l'avaient finalement dissuadé d'aller dans cette voie.

Il n'avait pas permis à l'amour de le transformer en un gardien corrompu d'un vil héritage. Il se chuchota :

« C'est vrai que je n'ai pas un modèle de masculinité et d'héroïsme dans la famille, mais je ne confirmerai jamais ce qu'a dit Othello. Je ne serai pas fils d'une chienne et d'un chien ! »

Sobhi aurait regagné sa place au lycée et aurait dépassé le monde comme une étoile qui n'avait pas peur de monter au sommet, rien que pour mériter Sonia, si celle-ci n'avait pas quitté le pays après avoir obtenu une offre d'emploi attrayante aux Emirats. Pour Sobhi le voyage de Sonia était similaire à un violent choc électrique qui l'avait kidnappé de la vie. Il avait vécu des années durant dans un état de mort clinique émotionnelle. Il ne sortait de son silence de mort que pour délirer sous l'effet de la tyrannie de l'insomnie.

Il pleura sauvagement pendant des jours et des nuits, puis erra dans la nature, se parla à lui-même et dormit en plein air.

Un jour, il se réveilla soudainement de son coma existentiel comme un démon qui surgit de ses cendres. Il fit irruption dans le groupe humain comme un chien lépreux dont le cœur est envahi par le gris. Il chercha Othello et lui déclara :

« Tu es certes réaliste et dans le vrai Othello ! Nous sommes destinés à être criminels mon frère ! Fermons alors le bec de ces oiseaux qui ne cessent de gémir dans ma tête et commettons certaines iniquités dans ce monde efféminé ! »

Othello fut très content de la proposition de son frère qui est de nature à immortaliser l'héritage familial et mobilisa de ce fait toute sa compétence et son expérience pour enseigner à Sobhi les arts du pillage et du banditisme.

En cette nuit alourdie par l'obscurité, les réverbères de la rue où Sobhi se cacha et se tint prêt à accomplir l'acte criminel, étaient tous en panne, Sobhi repéra un corps féminin qui avançait lentement. Sans faire de bruit, il se prépara avec célérité afin de ne lui laisser aucune chance de se défendre ou de lui résister et encore moins de lui échapper. Il surgit de sa cachette, fixa le couteau à cran d'arrêt à la taille de ce corps et lui intima l'ordre de tout sortir de son sac à main et de garder le silence absolu.

Un parfum qui lui était familier lui inonda l'odorat et l'amena à fouiller rapidement dans sa mémoire alors qu'elle lui répondit d'une voix faible et tremblante, sans se retourner pour voir son visage :

« *Pas besoin de violence. Je vous donnerai tout ce que vous voulez. Seulement ne me faites pas de mal. Je suis enceinte, j'ai un enfant dans mes tripes* ».

La voix sonna violemment dans sa mémoire et, sentant comme si on le fouettait au cou à l'aide d'une queue dépourvue de fourrure, Sobhi tourna la femme vers lui avec crainte et nervosité.

Ses pupilles s'élargirent soudainement et brillèrent en ses yeux des larmes et du feu. Il s'agenouilla devant elle, lui tint les pieds des deux mains et la suppléa en pleurant amèrement :

« *Pardonne-moi...pardonne-moi! Ce sont eux qui ont fait de moi ça ! Tiens le couteau, tue-moi !*

Vas-y Sonia, Tue-moi maintenant, immédiatement ! Ce sont eux qui ont fait de moi ça ! Ce sont eux Sonia !»

XV

Médiha

« Que de pas reste à faire ! La femme pauvre est aussi bien esclave et vendue en orient qu'en occident. Seulement a de plus la flétrissure et la misère. Le lupanar n'est autre chose qu'un sérail en commun ».

Victor Hugo

Le premier jour où j'avais connu Médiha, c'était au foyer universitaire. Nous nous étions d'abord disputées et puis nous sommes réconciliées et devenues amies. Au début de l'année universitaire j'avais logé dans sa chambre, car, à la différence de toutes les autres étudiantes, elle jouissait d'une chambre à elle seule. Le règlement intérieur du foyer impose que chaque deux étudiantes soient logées dans une chambre étroite comme une tombe suffocante où se répandait l'odeur de l'humidité, des couvertures sales et usées et des restes repas moisis. Les chambres étaient dotées d'une seule fenêtre perchée, mais ne sont meublées d'aucune armoire. J'entrai dans la chambre et trouvai Médiha en train de siroter un café, de fumer une cigarette et de jouer avec un vieux téléphone portable. Je la saluai, elle releva sa lourde tête et m'examina avec deux yeux enfoncés. Elle était de petite taille mais assez grosse, de teint brun avec un visage dominé par des cicatrices de points noirs, des cheveux noirs, de larges yeux et une petite bouche. Elle se montrait cruelle, mais ses yeux cachaient beaucoup de chaleur et de chagrin intérieurs. Elle cachait un chagrin d'une femme dont le corps n'a jamais été effleuré par les papillons des champs, qui n'avait porté que des vêtements d'automne et qui avait passé sa vie à lutter contre la boue qui essaye de l'engloutir et à tenter de traverser la rivière toute seule et par ses propres moyens.

« Qui es-tu ? Me demanda-t-elle, avec une rugosité artificielle.

J'ai bégayé car je venais d'arriver après un long voyage:

-C'est Si Ahmed qui m'avait donné la clé de la chambre et le gardien m'a accompagnée à cette chambre.

Elle se tut un petit instant, puis dit avec rancœur:

-Ainsi donc ! Vous avez dit que Sid Ahmed qui vous a donné la clé (et elle a ajouté la lettre « d » entre « Si » et « Ahmed » pour me montrer qu'elle le connaissait parfaitement et qu'elle pouvait le blâmer et lui demander de lui rendre des comptes).

-Oui, confirmai-je avec la même perturbation et je continuai à me tenir debout devant la porte et mes deux sacs au sol devant mes pieds.

Elle m'examina en prenant une profonde inspiration de la cigarette et ajouta alors qu'elle s'apprêta à se relever et que la mine de son visage changea soudainement :

« Asseye-toi, pourquoi es-tu encore debout ? N'as-tu pas la clé ? La chambre est considérée comme étant la tienne aussi, du moins jusqu'à ce que je descende à l'administration et que je remonte ».

Je m'assis alors comme un chat sans abri et j'ai compris que Médiha est allée voir Si Ahmed pour s'informer de la raison de ma descente inattendue dans sa chambre royale.

J'examinais tous les coins de la méprisable chambre quand une tête humaine apparaît à la porte. C'était celle d'une étudiante exagérément curieuse qui, trouvant la porte ouverte, elle a voulu s'informer sur ce que s'y passait.

« Tu es nouvelle ? » Me demanda-t-elle, en souriant.

-Oui, répondis-je.

-On t'a logée avec Médiha dans sa chambre ! Oh quel évènement ! Médiha jouissait toute seule de cette chambre depuis deux ans.

La curieuse étudiante regarda derrière elle, puis ajouta à voix basse à peine audible :

-Elle entretient une relation avec Si Ahmed. C'est pour cela qu'il lui octroyait le privilège de jouir de la chambre à titre individuelle.

Je me suis dit :

« *Si cette chambre était la meilleure et que c'était pour cette raison que si Ahmed a gratifié Médiha en la lui octroyant, quels seraient alors l'état et la situation des autres chambres dans le foyer ?* »

Je sympathisai avec l'étudiante curieuse et décidai de tirer d'elle le maximum d'informations possible, je la questionnai alors :

« Et qui pourrait-être ce Si Ahmed ? Serait-il le directeur ici ?

-Non, il est le mari de la directrice. Il est fonctionnaire au ministère des transports. Mais son épouse lui confie la tâche de loger les nouvelles étudiantes sur le plan formel pour qu'elle puisse se consacrer à la prise en charge de ses enfants et en particulier du plus jeune d'entre eux, Salim, qui est handicapé. C'est pour cela qu'on ne la voit pas dans l'administration et que c'est lui qui dirige tout comme si c'était lui le véritable directeur.

-J'ai compris ».

L'étudiante se tut un petit instant, puis reprit :

« D'aucun ne pourrait penser que Médiha est une mauvaise personne du fait qu'elle entretient une relation intime avec un homme marié, mais en réalité, elle a un bon cœur. Elle est gentille et brave. Au début de notre première année au foyer, nous n'avions pas un coin cuisine. Les filles mangeaient n'importe quoi qu'elles achetaient des gargotes de la rue. Celles qui ne sortaient pas, se nourrissaient de sandwichs froids. A l'exception de Médiha, nous n'étions pas autorisées, à utiliser les petits réchauds électriques dans les chambres parce qu'ils sont énergivores. Celle-ci avait un petit réchaud qu'Ahmed lui avait offert et l'avait autorisée à l'utiliser pour cuisiner dans sa chambre et pour réchauffer ses repas. Pendant les périodes des examens, Médiha autorisait les autres étudiantes à utiliser son réchaud pour cuisiner leurs propres repas. Elle était brave, comme je te l'ai dit… ».

Je baissai la tête et réfléchissant, je la questionnai :

« *Est-ce que la directrice est au courant de ce que faisait son mari ?* »

Elle regarda derrière elle une fois encore et chuchota :

« *Il paraît qu'elle est au courant, mais elle fait semblant de ne pas l'être. Elle lui permettait de la trahir car elle se sentait coupable et responsable du handicap de son fils. Elle croyait que c'était elle qui lui avait fait passer ce handicap parce qu'elle avait un frère qui souffrait du même handicap. Pour compenser la catastrophe causée par ses gênes, elle avait donné, semble-t-il, à son mari un chèque en blanc pour se dédommager comme il peut et de la manière qu'il jugerait la plus appropriée* ».

L'étudiante se tut un petit instant comme si elle voulait par-là m'octroyer un intervalle de temps pour méditer, puis ajouta :

« *Tu pourrais dire en toi-même : quelle sale race ! Mais sais-tu, qu'est-ce qui compte le plus pour l'une d'entre nous à part que nos comportements et conduites jugés socialement fautifs ne soient pas étalés au grand jour ? Quelle horreur est ressentie par l'une d'entre nous quand elle rentre à la maison conjugale et la trouve froide et sans vie. Un homme, même quand il est traître, ajoute quelque chose à la vie. La femme en nous se plaint toujours de cuisiner et des tâches ménagères, mais elle y trouve un plaisir caché et aime se plaindre à haute voix pour qu'elle soit entendue par l'homme et que ses mérites, ses bienfaits et son apport soient reconnus par l'homme. Tout comme l'une d'entre nous se plaint sans relâche de laver et de nettoyer, mais, le soir venu, elle sent qu'elle a accompli son rôle dans la vie quand elle reçoit son mari dans une maison propre, bien rangée et digne de deux tasses de thé et d'un film sur l'amour et la guerre. Comment puis-je te décrire la situation. Nous sommes masochistes intérieurement. Il nous importe peu si l'homme nous trahirait. Bien sûr, cela nous est douloureux comme est douloureuse la piqure d'une aiguille, mais l'essentiel est qu'il revienne à la maison et qu'à l'extérieur, les gens croient que nous vivons dans le bonheur et la prospérité et que nous avons quelqu'un qui protège nos dos et que nous ne sommes pas abandonnées dans la tempête comme une plume dans le tourbillon ».*

J'ai baissé la tête en réfléchissant sur la manière de répondre à la fille confiante devant moi. J'ai eu pitié d'elle. Ses pensées étaient pour moi totalement inacceptables et ne sont dignes que de la plus catégorique forme de rejet.

Je m'apprêtais à lui répondre, quand Médiha fit irruption comme une tempête et l'étudiante avait disparu en un clin d'œil. Médiha me regarda avec la confiance de celui qui vient de sortir victorieux d'une guerre et me dit :

« Ecoute, tu vas loger momentanément avec moi jusqu'au départ de l'une des étudiantes du premier étage. Range tes affaires comme j'avais rangé les miennes et j'espère que l'une de nous ne s'immisce pas dans la vie ou dans les affaires de l'autre ou ne s'y interfère ».

J'ai compris que c'était Médiha qui ordonnait et interdisait dans le foyer et qu'elle y régentait la vie et tirait toutes les ficelles. Au départ, notre vie dans la chambre se passait normalement, puis, au fil du temps notre relation s'était renforcée et elle s'était mise alors à me révéler tous ses secrets cachés sauf celui qui concernait sa relation avec si

Ahmed et je m'étais abstenue de lui poser la question à son propos pour ne pas l'embarrasser.

Une des nuits, Médiha était tombée malade, j'avais alors veillé à ses côtés pour mettre des lingettes humidifiées sur sa tête fiévreuse et les changer à chaque fois que ces lingettes s'asséchaient. J'avais dû appeler, lorsque j'avais constaté, à la fin de la nuit, que sa fièvre ne cessait pas de monter, un de mes proches pour m'apporter des médicaments de la pharmacie pour la secourir.

Médiha m'était devenue très proche, au point qu'elle s'était mise à cuisiner pour moi dans la période de mes examens. Elle m'offrait des gâteaux qu'elle amenait avec elle de son bled natal. Médiha était originaire de Fernana, une des campagnes d'Ain Drahem. Elle est issue d'une famille pauvre. Ses parents avaient divorcé depuis qu'elle avait cinq ans et son père s'était remarié avec une prostituée qui l'avait privé de la visite de ses deux enfants. Médiha était restée avec son frère chez sa mère et vivaient avec eux d'une pension alimentaire dérisoire dont le montant ne suffisait même pas pour payer les honoraires d'un simple examen médical chez un médecin spécialiste dans le secteur privé.

Un jour, le gardien du foyer a frappé à la porte de la chambre pour m'informer que le temps est venu pour déménager à la chambre du premier étage, Médiha l'avait chassé et l'avait informé qu'elle voulait me garder avec elle. Mais moi, je n'avais pas voulu modifier la nature du régime de la propriété du foyer et j'avais préféré laisser Médiha jouir individuellement de la chambre qu'elle avait acquise après avoir fourni des efforts et sacrifié le plus cher de ce qu'une femme possède. Médiha m'avait suppliée de rester avec elle dans la chambre, mais je l'avais informée que le premier étage me convenait mieux surtout que je souffrais des séquelles d'un ancien accident au niveau du genou droit. En fait, je mentais, car je tenais à continuer à voir de l'extérieur Médiha vivre comme une véritable reine dans sa chambre individuelle et j'avais déménagé au premier étage pour partager la chambre d'une étudiante originaire de la ville de Béja et vivre avec elle une vie semblable à celle que j'avais vécue avec Médiha, mais avec celle-ci, la vie était plus émouvante du fait qu'avec elle, je côtoyais une reine sous le même toit.

J'avais continué à recevoir les informations sur un plateau en or. Et malgré mon déménagement, Médiha continua à m'envoyer les plats des pâtes sans viande avec des gâteaux de son bled tout au long des jours des examens.

Un soir de samedi silencieux, le foyer était plongé dans une sombre solitude similaire à une nuit dont la poitrine est transpercée par des poignards. J'avais entendu frapper violemment à la porte de ma chambre. J'avais pris peur. J'avais ouvert la porte et c'était Médiha qui pleurait avec chagrin. Elle se jeta sur mon lit vétuste et cria :

« Je suis atteinte dans mon cœur, mon amie et je n'ai personne pour alléger mes douleurs. Quelqu'un sait-il que j'ai un seul cœur ? Je suis morte depuis que j'étais née. Mais Dieu m'avait octroyé la vie pour laisser mon âme se brouiller plus tard sur le tronc d'un arbre. Je suis née avec des hallucinations en raison des nombreuses doses de tristesse que j'ai reçues alors que j'étais encore dans le ventre de ma mère. Ce rat Ahmed se cache dans

mes habits, dans ma chambre méprisable, dans ma tête dans mes pensées dans ce qui ressemble à une obsession et je suis incapable de savoir s'il est un vrai rat ou un rat obsessionnel. Je suis en conflit avec tout et je n'ai pas le droit de connaître l'amour de près. Celui-ci ne convient pas pour moi. Il n'est pas de ma lignée… Sid Ahmed m'expulserait s'il découvrait ma vérité et jetterait mes affaires aux chiens des rues ».

J'avais essayé de calmer l'angoisse de Médiha et l'avais informée que toutes les personnes ont des souris qui sursautent dans leur tête et se moquent d'elles et que la grande tristesse et le grand chagrin n'aideraient pas à rassembler les fragments, à les reconstruire et à colmater les fissures et que c'est la sagesse qui est le véritable héroïsme qui recueille les cœurs et les corps accrochés et les sauve.

Médiha s'essuya le visage comme si elle se préparait pour le grand déballage et chuchota avec soumission et paix :

« C'est la première fois que je pleure de la sorte. Je pleure avec tous mes sens comme quelqu'un qui fond d'un coup. On dit que ce genre de pleurs ne nous submerge que lorsque nous vivons un amour douloureux ou la mort. Mais l'oppression est aussi mortelle et fait pleurer les rues, les murs des maisons, les rendez-vous manqués, les lettres sans lecteurs jetées sur le trottoir de l'absurdité absolue et les slogans sur les murs ! Je suis tellement opprimée par la vie que je n'ai même pas pris la peine de chercher une voie plus loin et plus claire que celle-ci. Je suis née dans la moisissure, j'ai fait mes premiers pas dans la moisissure, j'ai grandi dans la moisissure. Crois-tu, mon amie, que je suis corrompue, méprisable, fréquentant un homme marié et cohabitant avec lui pour une chambre méprisable ?

-Je ne crois pas cela, Médiha. Moi, je crois que tu es une victime.

-Victime de qui exactement ? Je ne connais pas mon premier bourreau pour que je l'égorge. Sid Ahmed n'est pas mon bourreau direct. Il cohabite avec moi et en contrepartie, il m'achète tout ce dont j'ai besoin comme la nourriture et les vêtements.

Que puis-je rêver de plus ? J'étais venue à cet endroit avec une famine humiliante similaire à une luxure brulante déplacée. Sid Ahmed m'avait regardée avec sympathie et affection et s'était dit : qu'est-ce qu'elle est petite et qu'est-ce qu'ils sont petits ses rêves ! Déchaussée, nue et affamée ! Je suis, pour lui, une torche de lumière sur une pierre oubliée ! Sais-tu que je n'avais jamais vu dans ma vie un homme dépenser pour une femme ? Dans le bled, dans cette campagne oubliée où il n'y a ni le terrestre ni le céleste, les femmes dépensent sur les hommes. Certaines d'entre elles portent les jarres d'eau sur leurs épaules, certaines autres dépendent de l'agriculture, certaines font du pain et certaines autres se débrouillent d'une autre manière... Lorsque Sid Ahmed m'a apporté des caisses de légumes et de fruits, je lui ai tout de suite ouvert les portes de mon corps et je n'ai pensé à rien d'autre qu'à la confiture de pommes qui bouillonne dans la marmite. Une femme endure la faim, mais ne mange pas de ses seins dit-on. Mais il y a une faim et un froid qui déracinent de force la personne de son corps et de ses sentiments et la mènent anesthésiée vers la mort sans qu'elle puisse trouver une description adéquate à ses tourments. La faim et le froid ne négocient point ma sœur ».

Médiha se tut, ferma les yeux sous l'effet d'une douleur atroce similaire à celle endurée par quelqu'un qui fut témoin de l'amputation de ses membres. Je lui demandai alors si elle avait regretté sa relation avec Sid Ahmed, si elle était tourmentée par le regret.

Elle mordit ses lèvres et chuchota :

« L'amour me tourmente le plus ! Le seul homme qui m'a aimé et que j'ai aimé se mariera dans quelques jours. J'avais laissé Ammar dans le bled pleurer pour moi et attendre mon retour pour me demander en mariage. Il croyait que je retournerai un jour au bled, comme si je ne m'étais pas égarée dans la bousculade noire. J'avais tenté de l'oublier momentanément quand j'étais venue ici pour étudier à l'université comme quelqu'un qui avait pressé sa petite blessure avec son pouce. J'avais essayé de me débrouiller avec la vie jusqu'à ce que je puisse obtenir mon diplôme et revenir à lui. Mais Ammar avait dépassé les quarante ans et sa mère n'avait cessé de l'inciter à se marier pour qu'elle puisse voir ses enfants avant qu'elle meurt. Elle lui dit :

-Je ne serais pas satisfaite de toi, Ammar, si tu ne te maries pas et tu ne donnes pas naissance à un enfant pour que je puisse sentir son odeur avant que le bon Dieu me rappelle près de lui. Je veux un enfant qui te ressemble, Ammar ! Je ne veux pas de fille ! Les filles ne conviennent que pour la cuisine et le sexe. Je le veux un homme comme toi qui te soutiendra dans ta vieillesse comme tu l'as fait avec moi. »

Mais Ammar est aussi pauvre que moi, ma sœur, et je dois obtenir un diplôme élevé pour que je puisse accéder à un bon travail et subvenir aux besoins de la maison sans avoir à tendre la main aux inconnus.

J'ai compris de Médiha qu'Ammar viendra pour lui faire ses adieux avant qu'il se marie et qu'il finisse par l'oublier.

Médiha vivait une véritable gestation spirituelle et ses cris de douleur étaient audibles comme le ronflement de l'eau des toilettes.

« *Je vais le laisser se marier. de toute façon, dit-elle, il n'accepterait jamais de se marier avec une prostituée. Quelque soit son amour pour moi, il n'accepte pas une femme déflorée entre les jambes de laquelle se dressent des montagnes de honte. Je vais, quant à moi, poursuivre mon long chemin sur lequel je ne risque plus de perdre que de la poussière. Je ne suis ni endormie, ni morte. Ce qui m'importe, c'est que je j'étudie, je mange et je m'habille. Peut-être, un jour, naîtrait de moi une autre personne, un alter ego, qui m'emmènerait plus loin et plus haut que ce fond* ».

Au départ, Médiha avait envisagé d'empêcher Ammar de venir la voir et lui faire ses adieux, mais la passion qu'elle avait pour lui était dense et triste comme une cellule qui amène un détenu à tenter de dialoguer avec l'extérieur. Elle s'était alors déshabillée sous l'eau chaude et elle s'était frottée les membres avec délicatesse comme celle d'une mère qui baignait son bébé. Elle mit une robe élégante que si Ahmed lui avait offerte et partit à la rencontre d'un rêve qui va disparaître dans un moment de son imagination.

Ammar l'attendait au bout de la rue menant au foyer. Le coucher du soleil était aussi agréable qu'une grenade tombant dans un ruisseau. Je suivais Médiha discrètement comme il était convenu entre nous deux pour vérifier que si Ahmed ne se montrerait pas par hasard sur les lieux.

Ammar était de taille élancée, pâle, maigre, enveloppé sur lui-même comme un oignon non épluché et pauvre du premier regard même s'il portait ses plus beaux habits... Il bougeait ses jambes avec nervosité et tendait un visage détruit par la misère jusqu'au bout de la rue, attendant impatiemment l'apparition de Médiha.

Leur rencontre fut aussi impressionnante qu'une tempête prenant soudainement la forme d'un ange qui remua d'une main magique un nuage errant versant sur le monde une pluie de larmes et de sang.

Ammar se jeta sur Médiha avec toute la naïveté de l'amour, et examinant son visage et son corps, il scanda :

« Pourquoi tu as fait cela, Médiha ? Nous aurions été si beaux si nous avions choisi de vieillir ensemble. Je m'appuierais sur toi et tu t'appuierais

sur moi. Tu aurais été clémente à mon égard et j'aurais été clément à ton égard lorsque nous serions dans la maison de l'impuissance incapable de nous souvenir de quoi que ce soit. Je me marierai après-demain. Tu comprends Médiha ?

-Marie-toi, Ammar, lui répondit Médiha avec beaucoup de douleur. Nous ne pouvons plus rien faire. L'amour a une date de péremption exactement comme les boites de conserve et de médicaments ont une date limite de consommation.

-Mais je t'aimerai toujours Médiha, lui dit Ammar en l'implorant. Pour moi, tu es le pain, les figues, les raisins et les olives. Tu es toujours mon musc préféré. Je ne serais jamais heureux dans la vie. La réalité m'a domestiqué Médiha ».

Ammar pleura avec chagrin et enlaça Médiha violemment. Celle-ci capitula dans ses bras et pleura aussi avec amertume. A cet instant, j'ai vu la voiture de Si Ahmed venant de loin. J'ai alors appelé Médiha en criant l'invitant à s'éloigner immédiatement. Mais elle ne m'avait pas entendue et continua à pleurer avec Ammar et entre ses bras.

J'ai crié de nouveau en exhortant Médiha à s'éloigner.

Comme un membre endommagé qui refusait l'intervention chirurgicale pourtant nécessaire, Médiha se saisit du visage d'Ammar des deux mains, ce dernier laissa chuter ses lèvres sur celles de Médiha et ont plongé dans un long exil apte à remettre en place et réparer tout ce que le temps et les lieux ont cassé.

Quand Médiha se réveilla de son délicieux coma et commença à reprendre connaissance, Si Ahmed était en train de les regarder avec rancune et courroux à travers la fenêtre de sa voiture. Les membres de Médiha se mirent alors à trembler et le sang s'est dispersé dans sa tête et marmonna honteusement :

« *Sid Ahmed, c'est mon cousin...* »

Ammar la regarda stupéfait, tandis que Si Ahmed la blâma :

« *Ton cousin, me dis-tu ? Tu échanges les baisers avec ton cousin devant n'importe qui et dans la rue du foyer ? Laisse ton cousin te trouver maintenant où dormir.*

-S'il vous plaît Sid Ahmed, je vous supplie, mon cousin rentrera ce soir au bled et je ne trouverai pas un endroit où dormir.

-Tu dormiras cette nuit seulement au foyer. Demain tu laisseras la clé de la chambre chez le gardien et tu quittes les lieux. Je ne veux pas te voir ici une autre fois, tu as compris ?

-Je vous en prie, Sid Ahmed ! Je ne recommencerai plus »

Stupéfait, Ammar quitta les lieux et se mit à errer.

Si Ahmed jeta un dernier regard sur Médiha et lui dit avec fermeté :

« Je ne veux pas avoir des prostituées dans mon foyer. Tu termines la nuit et tu pars d'ici. C'est mon dernier mot ».

Si Ahmed s'apprêtait à quitter les lieux quand il observa avec moquerie la robe de Médiha et lui dit :

« N'oublie pas de laisser cet habit avec la clé de la chambre ».

XVI

Yesmina

«Le bonheur et le malheur semblent indissociables dans un clair obscur où couleurs et reflets s'harmonisent pour tisser la toile de la destinée».

Christian Caminal

Le jour où Yesmina a connu Férid elle a senti qu'elle avait trouvé le chemin qui mène à tout, le chemin vers les médias, la notoriété, la gloire, les lumières et l'argent et surtout vers les bras de Jacob. Plus encore, Férid peut ouvrir à jamais le chemin par lequel elle pourrait fuir le visage de son père, Si Kilani, comme les visages des femmes fuient les livres abandonnés.

Ce sont les rêves qu'elle avait cachés dans son cœur comme un lapin craintif cacherait ses petits dans les vignobles. Si Kilani ne l'avait jamais compris et l'avait traitée de ratée. Il jeta un coup d'œil sur son bulletin de notes et marmonna sans la regarder :

« Une vache, exactement comme ta mère ! Quatre en Instruction islamique ! Es-tu athée par hasard ? Cinq en mathématiques ! Tu n'as réussi que dans certaines matières sans valeur, telles que l'Arabe, la philosophie, la musique et le dessin...

Il laissa échapper un sourire sarcastique et lui dit :

« As-tu l'intention de devenir Picasso de ton époque par exemple ? Envisages-tu de créer ton propre musée quand tu seras adulte ? Penses-tu qu'avec la musique et le dessin tu pourras vivre ?

- Non, j'ai l'intention de devenir journaliste.

Le visage de Si Kilani pâlit et il appela sa femme en hurlant :

-Viens écouter, Zakia ! Ta fille veut devenir journaliste alors qu'elle est incapable de planter deux carrés de terre de laitue et de menthe. Il lança barbarement le bulletin des notes vers la face de Yesmina et s'écria :

-Eloigne-toi de mon visage et enterre ces conneries loin de moi ».

Yasmina a pensé plus d'une fois au suicide car Si Kilani a transformé le monde qui l'entourait en un monde totalement dépourvu de vie et de vivants, il l'a rendu bondé de morts. L'exercice de la vie, s'est transformé, pour elle, en une forme de torture.

Quand elle a vu Jacob pour la première fois et par pure coïncidence dans le magasin d'Am Béchir, son cœur s'enflamma de larmes et de feu… La somnolence fut devenue pour elle une sensation soyeuse. Car quand elle somnolait, elle ne dormait pas vraiment, mais passait la nuit à rêver de Jacob… Elle rêvait de ses grands yeux noirs légèrement étirés des deux côtés, comme ceux d'un Chinois, de sa peau d'un blanc pur, de ses cheveux épais et hirsutes, de son sourire éclatant et de ses lèvres charnues.

Son amour pour lui, lui avait permis de ne pas terminer le voyage, malgré la grande douleur qui enveloppa son âme chaque fois qu'elle rentrait à la maison. Elle avait plutôt décidé de recommencer tout à zéro et de se transformer, d'une rose fanée accrochée à un vieux mur, en une abeille vengeresse qui tire profit de tout, juste pour qu'elle puisse se lier avec Jacob et quitter les lieux en sa compagnie pour aller là où le monde s'élargit pour eux et l'image de Kilani se rétrécit dans sa mémoire.

Jacob a récemment résidé avec sa mère Nadhla et sa sœur Dina dans le quartier « Ethret », une famille de juifs séfarades. Avant le décès de son père, il vivait avec sa famille dans une avenue propre près du centre-ville de Nabeul. Jacob travaillait avec son père dans le commerce de meubles importés dans un magasin appartenant à autrui. Mais son oncle a repris tout le magasin après la mort de René, et Jacob est devenu, aux yeux de son oncle, un méprisable préposé. Il s'était entraîné des mois durant à sa nouvelle situation, mais les massages musculaires de sa dignité convulsive n'ont servi à rien ! Il quitta alors définitivement les lieux et déménagea avec sa mère et sa sœur pour vivre dans une médiocre maison pauvrement meublée dans un quartier sale, très connu par la grave criminalité qui y est répandue et la propagation du vice entre un grand nombre de ses habitants.

Jacob était devenu un simple ouvrier de menuiserie gagnant à peine sa vie. Pour lui l'amour était un luxe et une perte de temps. Les miséreux creusent dans les cendres et sont tristes de naissance. Ils ne peuvent se permettre de rêver d'une belle femme qui pourrait faire vibrer leurs os ou de la lumière d'un sein brûlant de la taille de la paume d'une main quand elle s'apprête à appréhender quelque chose de rond et léger. Plusieurs tirs de balles d'amour non ciblés étaient passés entre ses bras et ses pieds sans qu'aucun d'eux ne l'eût atteint au cœur. Mais le charme de Yesmina, mêlée à une profonde tristesse, le fit vaciller sur place comme quelqu'un dont la tête fut assommée par le choc d'une grosse pierre.

Yesmina coordonna avec Yasser, un ami à Jacob, pour aller subrepticement voir ce dernier sur le toit où il élevait ses colombes. Elle le regardait avec adoration alors qu'il nourrissait les colombes avec l'attention et la douceur d'une véritable mère et qu'il les caressait, l'une après l'autre, avec tendresse, comme un enfant caressant des bulles de savon ou la mousse colorée d'un bain à remous. Il pleurait quand l'une d'elles se casse une patte, il examinait alors chacun de ses organes et la soignait avec beaucoup d'attention et de savoir-faire. Il ne dormait plus quand l'une d'elles tombait malade et quand elle guérissait, il apportait de la crème de chocolat à Yesmina, et lui dit :

« Ces colombes sont l'élément de solidité de la construction de ma vie misérable. L'aspect angélique de cette foule blanche que je vois, chaque fois que je monte sur le toit, me fait surmonter l'obstacle entre l'horizon et l'abîme et fait réapparaître les rêves qui avaient désertés depuis un temps ma mémoire. Regarde la scène Yasmina... Regarde, combien elles me font confiance! Elles sont capables de s'envoler loin ! Très loin d'ici ! Mais elles me confient leur destin de leur plein gré, non pas parce que je suis le plus puissant ou que je suis le meilleur ou parce que je suis un maître juste ! Non Yesmina ! Elles me donnent leur liberté parce que je suis affectueux envers eux ! Je les aime avec délicatesse et fidélité. La fidélité, Yesmina, c'est que tu ne déçois pas ces faibles oiseaux qui voient sur ton visage, quand tu les regardes, des lanternes et des roses. Ces colombes ne connaissent rien sur moi ! Elles ne savent pas que l'automne traverse ma chair comme un enterrement, elles m'abandonnent néanmoins leur sort comme si j'allais leur offrir les étoiles !

Yesmina l'enlaçait et le serrait contre elle avec la chaleur d'un soleil coloré par le sang et lui chuchota :

« Je te félicite, Jacob, et je félicite tes colombes ! Tu es une phrase musicale qui fait son chemin dans ma circulation sanguine. Considère-moi comme une de ces colombes et emmène-moi vers je ne sais où ! »

Quand Si Kilani s'était rendu compte des rencontres de Yesmina et Jacob, il la gifla violemment et lui cria :

« Tu te fixes des rendez-vous avec un Juif, salope ! Tu as eu quatre en instruction islamique et tu sors avec un Juif ! Qui es-tu ? De quoi tu es faite ? Qu'elle est ta religion ? Tu veux nous exposer au scandale ! Je couperais tes membres et les jetterais aux chiens si tu rencontrais ce garçon à nouveau ! »

Yasmina ne pouvait plus désormais rencontrer subrepticement Jacob sur le toit avec les colombes, comme elle le faisait auparavant. Elle n'avait même pas pu le rencontrer quand elle avait passé avec succès l'examen du baccalauréat. Elle n'avait pu que lui faire remettre, par l'intermédiaire de son ami Yasser, un message l'informant qu'elle avait choisi de s'orienter vers les études du journalisme et des sciences de l'information dans l'espoir de réaliser son rêve de devenir, un jour, une journaliste de renom.

Jacob savait que l'université va l'éloigner géographiquement de Yesmina, mais il craignait que la brutalité des rêves de Yesmina et la passion des études l'éloigneraient de lui et qu'elle volerait très haut dans le ciel du savoir, pendant qu'il descendait de son coté comme le silence et qu'il ne serait plus honorable pour elle de continuer à se lier avec lui pour toujours.

Mais Jacob ne lui avait pas écrit tout cela. Il s'était suffi de lui envoyer un papier ne contenant que cinq phrases et une somme d'argent qu'il lui avait allouée pour qu'elle ne souffre pas de la pauvreté pendant ses premiers jours à l'université.

« *Yesmina, mon amour, n'attend pas que la vie vienne à toi. Va droit à la vie ! Attire-la à toi par des cordes s'il le faut. Tu dois traverser seule toutes les zones douloureuses. Bas-toi pour tes rêves et pense toujours à notre rendez-vous différé vers notre osmose éternelle ».*

Yasmina fit, par hasard, connaissance avec Férid, lors d'un séminaire organisé par L'Institut du journalisme. Il fut attiré par elle dès le premier regard. Il se présenta à elle pour lui demander son nom avec un empressement d'une hyène antipathique... Elle sentit, alors qu'elle se tenait debout devant lui, comme si elle était devant un mouton maigre et chétif, atteint d'une maladie de la peau. Mais elle a raisonné selon la logique des opportunistes à la recherche d'une chance unique pour prendre d'un seul coup son envol vers la vie.

Elle se dégoûtait du blanc des morts sur son visage, de ses dents jaunes, de son corps flasque, du raccourcissement de ses membres et de l'absence de toute trace de masculinité en lui. Elle se dégoûtait également de la cadence de ses mouvements et de sa salive qui coulait devant son tendre corps.

Mais, en dépit de tout cela, elle s'était entraînée à endurer sa présence devant elle comme quelqu'un qui se trouve dans un amer coma et qui refuse de chercher la cause de son cauchemar, rien que pour qu'elle puisse atteindre son objectif. Le maximum que son âme pouvait supporter de Férid, c'était un sale baiser kidnappé. En le kidnappant, elle ressentait un incompressible désir de dégueuler sur ses vêtements. Comme quelqu'un qui se tenait en un témoin éveillé à l'amputation de ses membres, elle détournait son visage en feignant de sourire et continuait, en accord avec son âme à exécuter son plan infernal...

Férid était sa seule chance de parvenir à ce qu'elle voulait devenir. Elle se rappelait du sourire sarcastique de Si Kilani et du décourageant discours qu'il tenait alors qu'il regardait le certificat du baccalauréat :

« *Tu m'as dit que tu as choisi l'Institut du journalisme ! Penses-tu que le journalisme va t'offrir la vie ? Ces gens du média qui exposent leur visage à la télévision y sont arrivés en empruntant des voies tordues en mobilisant leurs connaissances et toi !*

As-tu des connaissances solides et haut placées à faire intervenir ? As-tu des connaissances qui peuvent te baliser la route ou vais-je continuer à dépenser de mon argent et de mes nerfs pour subvenir à tes besoins des années et des années pendant que tu échoues et que les années passent ? Emprunte une autre voie plus courte qui te garantit une place sur le marché du travail. Le journalisme n'est pas pour toi ».

Yasmina se mordit les lèvres. L'amertume du souvenir la tua et elle pensa à Jacob. Celui-ci, la serrant dans ses bras, lui chuchota à l'oreille :

« Ne laisse personne faire obstacle à tes rêves et continue tes études jusqu'au bout. Ne reste pas sur le toit à regarder le monde, à moins que ce toit contienne les colombes de Jacob ! »

Ses délicieuses lèvres s'ouvrirent alors et libérèrent un sourire éclatant et soudain le quartier sale se vida à la fois des vivants et des morts et Yesmina étala ses cheveux, ses mains, ses doigts autour de lui et tout en l'embrassant, elle lui chuchota :

« La vie est une fête sauvage, Jacob, Elle n'est pas dépourvue de douleurs, de larmes et de cris et c'est l'amour seul qui nous relie à ce monde où tantôt nous jouons le rôle de combattant et tantôt le rôle de spectateur. Ce qui importe, c'est qu'en fin de compte nous nous n'asseyons pas dans un coin en tant que voyageurs dans la salle d'attente ».

« Rien dans l'univers n'est offert à l'homme sans contre partie. Tout va inévitablement dans deux directions ! » Se chuchota Yesmina alors qu'elle accueillit les baisers puants de Si Férid. Mais Si Férid aspirait à plus. Il lui nouait intrigue après intrigue, pour obtenir de son corps toujours plus.

Leurs rencontres commençaient à partir du bâtiment jouxtant le foyer universitaire. Il soulevait le sujet des médias, de la renommée des lumières et de la gloire, il lui promettait de travailler dur et de tout mettre en œuvre pour faire d'elle une speakerine brillante, d'envergure internationale. Puis il jetait la main sur sa cuisse, ce qui produisait l'effet d'épines sur son corps. Il exerçait sur elle une pression physique pour qu'elle se voie obligée de s'éloigner des lieux afin que la directrice du foyer ne la voie pas par hasard et ne l'expulse pas du foyer. Il empruntait alors avec elle un long chemin pendant le trajet duquel elle s'attelait à tenter vainement de se convaincre d'endurer, de supporter toute cette saleté et de patienter alors que Férid mettait sa main sur sa cuisse et ses doigts s'étendent lentement pour toucher une partie de son organe génital. Elle sentait alors ses doigts en train de blesser sa chair et pourtant elle essayait de faire semblant de consentir à tout cela en faisant semblant de sourire et dans son intérieur se dressait une montagne d'intense douleur et coulait une rivière de chaudes larmes.

Moteur silencieux, la Porsche roulait sur les longues routes luxueuses, à l'orée de la forêt de Carthage, une forêt dense connue par les passants pour être un lieu où est possible pour n'importe qui de « tuer et d'écorcher » sans que personne ne s'en aperçoive. Férid se penche sur elle avec son corps flasque et ballade sa bouche sur le visage de Yasmina, elle sentait alors sa puanteur et se sentait nauséeuse. Elle affrontait la situation avec le même sourire artificiel. Elle se souvenait de Jacob pour s'encourager à aller de l'avant et elle se dit :

« *Je pensais que dans ma vie, je n'avais pas goûté pire que le goût de l'huile de foie de morue et des betteraves bouillies, mais ce que je vis maintenant peut me provoquer une hémorragie cérébrale ! Heureusement, ce que j'endure n'est que conjoncturel et provisoire. Je me reprendrai, me restaurerai, je triompherai de gloire et retournerai dans les bras de Jacob ornée de réussite, riche, vivace comme une source d'eau. J'oublierai toute cette misère et Jacob ne saura rien. Il ne verra pas cette boucherie de ses propres yeux. Il me rendra heureuse et je le rendrai heureux. Je ferai de sa nuit un champ de papillons. Les papillons ont-ils des souvenirs ?* »

Elle prononça délibérément une suite de mots incompréhensibles à voix basse pour distraire et brouiller la concentration de Férid, mais celui-ci persistait et continuait. A un instant, elle éprouva un immense désir rempli de haine, de le gifler, de lui donner des coups de pied, de le frapper, de le battre, de crier avec toute la douleur de son âme et de renverser le monde sur sa tête, mais elle se rappela de la renommée et de la célébrité et de sa proche sortie du néant. Elle se rappela qu'elle n'avait pas de soutien dans ce monde et qu'elle était la paille de vallée. Elle se rappela du quartier corrompu et dissolu « d'ethret ». Elle supporta alors le long et sale baiser après avoir anesthésié tous les centres des sentiments de son cerveau. Férid était comme quelqu'un qui, fasciné et ayant les yeux fermés, embrassait une pierre. Il passait des doigts de morts sur des parties sensibles du corps de Yasmina, elle résista alors avec ses mains, mais il s'obstina et continua.

Dès qu'elle rentrait au foyer, elle accourait vers le robinet pour inonder sa bouche d'eau savonnée. Ses rencontres avec Férid étaient similaires à un duel ayant fait un voyage tourmenté. Tout au long de celles-ci, elle s'apparentait à quelqu'un qui délirait dans un tunnel ne menant ni à la sagesse ni à l'absurdité. Elle était profondément convaincue que ces douloureuses rencontres sont la contrepartie incontournable pour escalader la montagne et s'élever jusqu'à son sommet. Aucune autre option ne s'offrait à elle à ce propos d'autant plus que Férid semble bien introduit dans le milieu de la production télévisuelle et qu'il la préparait sérieusement, en contrepartie de son cauchemar de l'instant, à s'insérer dans le monde des médias et des lumières et comptait, à ce prix douloureux, faire d'elle une vedette ayant sa place parmi les stars de la télévision.

La veille de l'apparition de Yesmina à la télévision, ils se mirent comme d'habitude sur le chemin de Carthage, devenu maintenant familier à Yesmina. Mais, ils ne suivirent pas le chemin de la forêt. Yesmina sentit alors une joie cachée. L'image qu'elle avait dans son imagination de la forêt était complètement déformée. Une légère peur l'affligea en même temps. Ce loup laid assis à côté d'elle est obsédé par son corps et peut tout faire pour l'obtenir. Il fait taire le moteur de la voiture devant un somptueux hôtel à Carthage. Surprise et étonnée, Yesmina lui demanda :

« *Tu as un rendez-vous avec quelqu'un dans l'hôtel ?*

-Oui j'en ai un, répondit-il en émettant son rire jaune et ennuyeux habituel

-Descend, descend, ajouta-t-il.

-Par Dieu, dis-moi qui tu vas rencontrer ? demanda-t-elle avec insistance

-Oh mon Dieu clément, descend, je vais t'expliquer !

« *Mon Dieu clément* » est une expression qui revient souvent sur la langue de Férid quand il manque de patience avec Yesmina sur des sujets déterminés qui la dérangent, la dégoûtent ou accentuent son dégoût. Férid est issu d'une famille pauvre composée du père et de la mère, quatre filles et lui-même. Il aurait été la cinquième fille dans la famille si une faute trans-nature ne s'était pas produite et n'a pas eu pour effet de cacher un organe génital masculin flasque entre ses cuisses.

Quand Yesmina parle avec Férid elle ressent tout de suite l'influence de l'élément féminin fortement présent dans sa maison sur son vocabulaire. Elle ressent aussi qu'il appartient à la classe de « *l'affamé qui s'est rassasié* ». Toutes ses actions, son goût pour les habits, son parfum et son vocabulaire établirent qu'il avait vécu très pauvre et que d'un coup il a été inondé par un torrent d'argent lui ayant permis de tout changer sauf sa manière de traiter le monde qui l'entoure.

Il était « un arriéré » au plein sens du terme. Malgré sa voiture Porsche et sa maison estivale construite au bord de la mer en bois original et de haute qualité et ses vêtements signés, il ne montrait pas les apparences d'ascension sociale. Ses mouvements bruts et sa manière de se comporter trahissaient tout cela et découvraient sa réelle vérité.

Contrainte, Yesmina entra avec lui à l'hôtel... Il l'informa qu'il va siroter un café avec elle dans le plus chic endroit de Carthage et discuter avec elle des préparatifs de l'enregistrement du programme télévisé du lendemain. Au début, elle se sentit à l'aise. Un café, sans sexe, dans un coin d'un somptueux hôtel est un cadeau appréciable de la part d'un sale loup.

Elle s'assit dans cet endroit confortable et rien dans la somptuosité de ces lieux, faussée par les artificiels sourires, ne l'intéressait vraiment. Elle demanda un café tandis que Férid commanda un verre de whisky. Il lui parla d'une manière redondante sur le programme télévisé.

« *Je t'imagine avec tes yeux magiques et ta stature féerique sur l'écran de la télévision, dit Férid.* Il soupire profondément et repris aussitôt :

-*Le programme va frapper avec une force inégalée !*

-*Tu crois cela ? Lui demanda Yesmina avec la passion de celui qui s'acharne à défendre son rêve.*

-*Tu vas voir les réactions du public de tes propres yeux ! Tu ne vas pas croire !* »

Un sourire de victoire s'est dessiné alors sur la bouche de Yesmina et elle sentit un intense bonheur similaire à celui d'une personne chanceuse qui vient de survivre à un déluge.

-*Tu es encore très jeune, ma chère !* murmura Férid. *Tu n'as pas encore compris que le monde est fasciné par la beauté de la forme ! Par la couverture extérieure ! La beauté de l'âme est un gros mensonge, Yesmina! Un mensonge ourdi par les gens laids pour alléger la charge de la déception et du désespoir. Le désespoir est mortel ! Il est le pire des sentiments humains. Il peut nous pousser au suicide, à l'homicide et aux crimes les plus odieux ! La laideur est une véritable malédiction. Imagine, je dis seulement imagine que tu fus née avec un visage qui ressemble à l'aisselle d'un singe* (Il gloussa d'une voix aiguë laissant apparaître ses laides et dégoûtantes dents jaunes). *Imagine que tu sois devenue prisonnière de ce visage toute ta vie !* »

Il sirota une gorgée de whisky lentement, la fit passer sous sa langue et ferma les yeux alors qu'il fit couler la boisson en son intérieur comme quelqu'un qui fit couler du feu dans ses tripes, puis émet une voix similaire au sifflement des vipères et se remit à parler :

« *Tu es chanceuse, mon amour, que tu sois née avec ce visage ! Tu peux maintenant vivre heureuse toute ta vie. Sais-tu que ton visage donne de l'espoir aux autres et te les fait sourire sans raison ? Tu peux festoyer parce que tu es née et tu mourras avec ce visage et non avec un visage ressemblant l'aisselle d'un singe !* »

Il gloussa de plus en plus fort émettant un son gênant qui a troublé les lieux somptueux et hurla :

« *Tu es sauvée ! Je boirai à ton sauvetage, mon amour* ».

Essayant d'oublier le dégoût qu'elle ressentait, suite à ce qu'elle venait de voir et d'entendre, elle avala une gorgée de café amer et se dit :

« *Je procure l'espoir aux autres ! Et qui me le procure à moi, abruti ? Je le mendie de toi, méprisable !* »

L'imagination de Yesmina errait dans les coins et les recoins du somptueux hôtel quand Férid la troubla brutalement en serrant sa main tout en arborant un sourire rusé et lui dit :

« *Nous avons une chambre à notre disposition dans l'hôtel* ».

Comme une gazelle pataugeant dans son sang, elle monta avec lui dans la chambre de l'hôtel, il la força à s'asseoir sur ses genoux et ses mains se rebellèrent sur des parties intimes de son corps pendant que ses lèvres se baladèrent entre ses joues et sa bouche. Yesmina entendit son âme pleurer. Son cœur se propulsa dans une rue jonchée de projectiles. Elle s'exhorta à être patiente comme quelqu'un qui tenta de réveiller un membre amputé. Elle refusa catégoriquement Férid et préféra mourir plutôt qu'il ne la touchât même une seule fois. Les sentiments de Férid étaient à ce moment-là au sommet de la luxure. Il la poussa furieusement sur le somptueux lit, et ôta précipitamment sa chemise, sa poitrine apparut mince sans poils, ses cheveux se dressèrent et s'éparpillèrent en désordre, ses yeux s'écarquillèrent. Il ressemblait à une brebis effarouchée.

Tout le corps de Yesmina se secoua par un mouvement violent. Avec la tyrannie d'une femme dont l'âme vient d'être violée, elle faillit le pousser avec toute la force de ses mains, des larmes jaillirent de ses yeux, ses jambes tremblèrent, les battements de son cœur s'accélèrent, ses yeux s'écrasèrent et les veines de son front s'enflèrent, Elle se résolut à le supplier :

« *Assez ! C'est assez ! S'il te plaît ! Laisse-moi agir et me comporter à ma guise !*

Par prudence, Férid finit par battre en retraite, mais montra des signes de colère et lui dit :

« *Est-il raisonnable d'agir de la sorte ? Qui es-tu pour me faire tout cela ? Les prostituées se trouvent partout ! Tu veux les médias et les lumières, tu les veux gratuitement, sans contrepartie ? Tu n'as même pas de diplôme ! Tu n'as rien ! La solution et la dissolution sont entre mes seules mains dans ce domaine. Je fais la pluie et le beau temps ! Comprends-tu ?* »

Comme si quelqu'un avait brouillé son âme sur le tronc d'un arbre, Yesmina se souvint soudain des paroles de Si Kilani quand il eut tenté de la dissuader de s'orienter vers les études du journalisme et lui eut dit :

« *As-tu des connaissances solides et haut placées à faire intervenir ? As-tu des connaissances qui peuvent te baliser la route ou vais-je continuer à dépenser de mon argent et de mes nerfs pour subvenir à tes besoins des années et des années pendant que tu échoues et que les années passent ? Emprunte une autre voie courte qui te garantit une place sur le marché du travail. La presse n'est pas pour toi* ».

Yesmina leva la tête vers Férid et l'observa d'un regard brulant de sang et de feu. Celui-ci, tentant de la réconcilier et de la séduire, lui chuchota :

« Demain, tu deviendras une star ! Sois obéissante... ».

...

Yesmina connut un succès éclatant. Son apparition sur l'écran de la télévision fut retentissante? Elle en dansa de joie et dormit sur un lit accroché au ciel. Le lendemain, elle prit ses bagages et retourna à « Ethret », impatiente qu'elle fût de revoir son Jacob. Comme quelqu'un qui, après moult efforts, fut extirpé d'un profond trou noir, elle eut hâte de contempler la lumière des yeux de son seul amour. Elle ne le trouva pas, ni sur les lieux de son travail, ni dans sa maison. La porte menant au toit était verrouillée. Elle chercha alors son ami Yasser. Elle parvint à le trouver. Les yeux figés, habités par une tempête de poussière, Yasser lui remit une enveloppe fermée. Elle l'ouvrit avec des mains tremblantes comme quelqu'un qui se préparait à sa mort. Jacob lui avait écrit :

« *Pardon Yesmina ! J'avais oublié de t'informer que tu devrais combattre avec ton âme, tes idées et avec tes rêves et jamais avec ton corps. Je n'avais pas dû oublier de te dire cela. Excuse-moi !* »

Yesmina trébucha devant la cruauté de l'instant et sentant le sang geler dans ses veines, elle demanda à Yasser en le priant :

« *Où est-il ?* »

Comme quelqu'un qui subissait une intervention chirurgicale pour amputer son passé de son présent, Yasser lui répondit avec douleur :

« Il a libéré les colombes et s'est exilé en Italie en s'y rendant clandestinement par une voie illégale ».

TABLE DES MATIERES

Préface

Avant-propos

I. Meriem 25

II. Les dés sont jetés Alea jacta Est 33

III. Laisse-le venir ! 39

IV. Shishtu 47

V. Diego n'est plus... 55

VI. Si Adel 61

VII. Si Mohamed 69

VIII. Son ventre, son grand amour ! 85

IX. Sid Ali, l'efféminé 89

X. FATMA 95

XI. Halima 99

XII. Jomâa, « le saint » ! 105

XIII. May 127

XIV. Sobhi 143

XV. Médiha 163

XVI. Yesmina 187